向明等八家詩讀後

被《食餘飲後集》電到

陳福成著

文學叢刊

文史哲出版社印行

國家圖書館出版品預行編目資料

向明等八家詩讀後：被《食餘飲後集》電到
/ 陳福成著 -- 初版 -- 臺北市：文史哲出版社,民 110.11
頁； 公分 --（文學叢刊；449）
ISBN 978-986-314-576-9（平裝）

1.新詩 2.詩評

863.21 110019406

文學叢刊 449

向明等八家詩讀後
—— 被《食餘飲後集》電到

著者：陳福成
出版者：文史哲出版社
http:// www.lapen.com.tw
e-mail：lapen@ms74.hinet.net
登記證字號：行政院新聞局版臺業字五三三七號
發行人：彭正雄
發行所：文史哲出版社
印刷者：文史哲出版社
臺北市羅斯福路一段七十二巷四號
郵政劃撥帳號：一六一八〇一七五
電話886-2-23511028．傳真886-2-23965656

定價新臺幣四四〇元

二〇二一年（民一一〇年）十一月初版

ISBN 978-986-314-576-9 10449

序　八家詩：向明、曹介直、一信、朵思、艾農、鍾雲如、張國治、須文蔚

大約七、八年前，有一天我從外面回家，在社區門口碰到住樓上的趙先生，就停下來閒聊。

趙先生突然問：「陳兄也寫詩呀！我常看有詩社寄給你詩刊。」有陣子《秋水》和《葡萄園》詩社有加入，每季會收到詩刊。

我說：「哪裡！打發時間嘛！」

他說：「我以前也寫，現在不寫了！」

我說：「不寫好啊！可以專心好好做事業！」

他說：「我有幾本詩友送的詩集，送給你，反正我又不讀詩了！你等一下，我上樓拿，就丟到你庭院，你接著就好！」

他真的從二樓丟下來，我接了！隨手翻閱，四冊《食餘飲後集》，只有認識

向明和一信，其他只似有耳聞，沒一個認識的，進屋後四本書直接入庫，往書櫃一放。

幾年前（約二〇一八年底），家裡書滿為患，書櫃、書架、桌上、桌下、牆角、走廊、玄關……堆得全是書，各種書、各種過時雜誌……幾千本應有，決心要整頓一下。

能丟的丟，能回收就回收，有的就送社區或附近圖書館。偶然清理到這四本詩集，全新的，封面也很清新，有七個詩人大名，怎麼讓他們在書櫃裡「睡」了這麼多年，自己也太不應該了！

之後，四本書移來放在書桌旁的書架，方便經常翻閱。二〇二〇年初，我開始計畫要針對這四本詩集寫點東西，因為裡面很多詩有「電」，會電人，我當然是被「電到」才有感覺的。

寫點東西，要寫什麼呢？詩評是不夠格的，自己雖然也寫了一輩子詩，但不過是生活感想。人生感懷，就像寫日記週記一樣。這尚不打緊，沒有一點文學詩學理論基礎，如何評人家的東西！

再看這七位詩人的層級，在台灣文壇詩界都是大師級人物。向明和一信就不用說了，都是詩壇元老；曹介直算是我黃埔老大哥，和我同在台大主任教官退伍，也很早接觸現代詩；朵思，我兩歲時她已在發表作品；艾農出身中文所；鍾雲如，我還在野戰部隊苦哈哈，她已創了《鍾山》詩刊；張國治天生是玩藝術的，我在金門住五年多，無緣認識他。

方向即定好開筆，在茶餘飯後逐一欣賞他們的詩作，這些詩作會發電，被電到是什麼感覺？我的筆最知道，就在吃飽喝足、閒來無事時，一一道出。

台北公館蟾蜍山萬盛草堂主人　**陳福成**　誌於

佛曆二五六四年　西元二〇二一年十月吉日

註：《食餘飲後集》共一到四集，分別由（台中）財團法人瑪利亞社會福利基金會，於民國九十六、九十八、一〇〇、一〇二年出版。

向明等八家詩後——被《食餘飲後集》電到

目 次

序 八家詩：向明、曹介直、一信、朵思、艾農、鍾雲如、張國治、須文蔚．一
第一部 《食餘飲後集》……七
第一章 賞讀向明的詩……九
第二章 曹介直詩欣賞……二三
第三章 一信的詩野蠻……三五
第四章 欣賞朵思的詩……四九
第五章 艾農的詩很多情……五七
第六章 鍾雲如在詩田種花種愛……六九
第七章 金門詩人張國治……七九
第二部 《七絃：食餘飲後集二》……九七
第八章 讓人癢癢的向明詩……九九
第九章 曹介直詩心是中華民族魂……一〇九
第十章 朵思詩感性的同體悲情……一二五
第十一章 艾農詩說人生的感傷……一三七

第十二章　鍾雲如詩裡都是愛……………………………………一四九
第十三章　張國治寫父母恩重難報詩……………………………一五七
第十四章　須文蔚的詩當下是舍利………………………………一七一
第三部　《眾譬—食餘飲後集三》………………………………一八三
第十五章　向明的詩從生活中提煉………………………………一八五
第十六章　曹介直這幾首詩很感傷………………………………一九九
第十七章　朵思詩的世界很意象…………………………………二一三
第十八章　時間正在洗煉艾農的詩………………………………二二三
第十九章　鍾雲如的詩是愛與和平………………………………二三五
第二十章　張國治的詩是他的原鄉夢……………………………二四五
第二十一章　須文蔚這詩裡藏著三種情愛………………………二五九
第四部　《喧譁—食餘飲後四》…………………………………二六九
第二十二章　高舉春秋正義大旗是向明的詩……………………二七一
第二十三章　曹介直詩，思親思鄉懷友與批判…………………二八五
第二十四章　朵思的詩進行著自我探索…………………………二九七
第二十五章　艾農的詩記時代的陷落和愛情……………………三〇七
第二十六章　鍾雲如種花、如來佛賣花…………………………三一七
第二十七章　張國治最終在禪中安身立命………………………三二五
第二十八章　須文蔚的詩與讀者會心交流………………………三三九
附　件　八家詩人簡介（資料均引《食餘飲後》各集）…………三四七

第一部 《食餘飲後集》

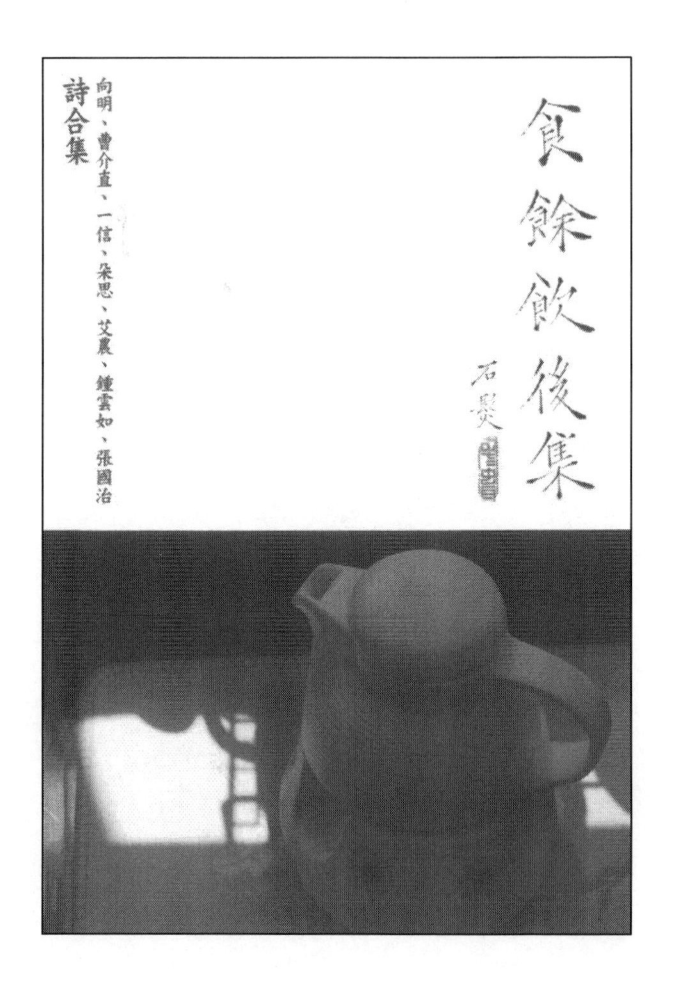

「拼命放空自己
直到乾枯」
——向明

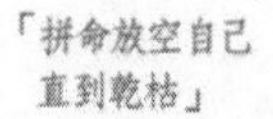

「在腐蝕之前仍得向下游流去
岸在天崖　星在天上」
——曹介直

「詩自古即曾野蠻　即曾
《天問》一百六十一惑尋道理」
——一信

「風像時間的腳步，
杳然停止在調好珍藏記憶的手錶上」
——朵思」

「如果你不覺得悲哀
就讓悲哀悲哀著吧」
——艾農

「人生的咖啡是香是濃是苦
我們自己決定」
——鍾雲如

「要在肉軀腐敗之前
徹底的美麗，輝煌一次」
——張國治

第一章　賞讀向明的詩

向明，本名董平，一九二八年生，湖南長沙人，空軍通信電子學校及美國空軍電子學校畢業，空軍上校退伍。他是詩壇元老，著、編、譯作皆等身。

軍人重視倫理，他出身空軍電子，我出身陸軍官校。但我老校長蔣公早已有訓令，「三軍各軍事學校均黃埔同源」。因此，我該稱他「黃埔老大哥」。再者，海空軍的上校，實等於陸軍少將，按倫理我該敬他「五百」，他是我尊敬的長者。

《食餘飲後集》由詩人輪流寫序，這第一集寫序的是向明，他在序中把形成這個小圈圈的背景略為一說。這一集的七人作品是：向明、曹介直、一信、朵思、艾農、鍾雲如、張國治。

向明在第一集有八首詩，每一首都很會「電」人，語意深重，電到讓人想起更多事。表面看，詩意十足，往裡讀，批判力十足，火力全開。尤其〈革命後段〉一詩，戰力不下一個現代化步兵師，筆力聲勢已然就是「董將軍」。但首先欣賞〈不忍之詩〉有三首，第一首是〈靜坐三境〉：

拼命放空自己
直到乾涸
空成微不足道的浮游粒子
不垢也不淨

澈底否定自己
直至無形
甚至勝過　在那陣風暴後
無寄的浮雲

放膽捨身忘己
切斷念根
宇宙般坦蕩，包容
一切牛鬼蛇神

人生要有點境界，得靠自己努力修行，要修行到何樣境界才叫「境界」。詩人拼命放空（修行）自己，成為「浮游」粒子，這是莊子的境界「浮游，不知所求。」人生最高悟境，便在這不知所求，自由無為中獲得。

浮游是一種自由自在，又在唯我和忘我中統一。浮游也是一種「物我合一」的境界，浮游於山河大地，詩人就是山河大地；浮游於江海虛空，詩人就是江海虛空；浮游於蟲魚鳥獸，詩人就是蟲魚鳥獸。到了這個境界，可以說「宇宙是我、我是宇宙」，人和大自然合一了，這是中國哲學思想和文學藝術的最高境界。

但浮游境界也很接近佛教說的「法身」，在大乘佛教裡，佛的身份有三種：法身、報身和應身。報身是佛的色身，應身是為救度眾生而隨機化現的種種身相。「法身」是佛陀證悟的法性，佛以法性為體，故名法身。佛陀說：「見緣起即見法，見法即見佛。」人若能通達緣起法的空性，即能見到佛的真身。所以，覺悟的聖者常說，宇宙萬象、山河大地，無一不是佛陀的真身。我看莊子的「浮游境界」和佛陀的「法身境界」相近，但兩個世界的根本差異如何？就要由高人來說了！

第一段第四行「不垢也不淨」，又進到了《心經》的世界。萬法本是空寂，哪有什麼「垢、淨」的區分，虛空中有垢淨嗎？

「浮游粒子」雖小，尚在「有」的範圍內，〈靜坐三境〉到了第二段，進而要把自己的「有」否定掉，直到無形，真是「諸法皆空」了。人在修行過程中，何時該肯定自己？何時該否定自己？難以說的澈底，讓人清楚明白！但我以為，初學時宜肯定自己，進入境界後便要「否定自己」。才能精進於上乘。用《金剛經》的語言說，說世界，即非世界，是名世界；說眾生，即非眾生，是名眾生；……肯定→否定→肯定，人若不斷肯定自己，易為外界否定！

第三段如「無我」之虛空，當然就包容了牛鬼蛇神，乃至包含一切，這是這首詩的核心意涵。其詩如是，想必詩人的修行是否已「不住色聲香味觸法」？是否已達到「無我相、無人相、無眾生相、無壽者相」？

〈不忍之詩〉三之二是〈野百合〉，之三是〈青衣〉也很有看頭。可以看到很多東西。清淨的野百合，進到這「五濁世界」，很快變壞，而且個個死得很難看，可見社會染缸多可怕！賞讀一首〈放下〉：

佛說：放下

放下屠刀，立地成佛

他也說：放下

放下屠刀

擁豬仔主政

挾牛馬坐辦公
雞免司晨，改唱頌歌
猴不抓養，專要把戲

我也說：放下
放下欄柵，自我封閉
放下狠話，自立為王
放下身段，迎逢自欺
放下毒餌，作繭自斃
放下屠刀，假充慈悲

寫得太好了！電力十足的反諷（罵人）詩，可以罵死很多政壇上的牛鬼蛇神邪魔歪道和貪官政客。但文字以外似有質疑，大家都放下屠刀當老好人，才會養出更多貪官政客，放縱豬仔主政。

詩的第一層意涵，應是反諷台灣目前政治、社會和人心之現狀。當家做主的是豬，公務員都是被挾持的牛馬，大家為了利益只會歌功頌德，都在耍猴戲。為何會弄到這麼黑暗局面？都是「放下屠刀」的結果，按詩人之意，大家應該起來革命，推翻台獨偽政權才是正道。老大哥！你不愧是我黃埔革命軍人，董上校（不！董將軍）之本色依然在！

但這首詩的第二層意涵，也寫出了古今中外所有政權的一些共相。政治學有個「定律」，謂「權力使人腐化，絕對權力使人絕對腐化。」難怪很多人說，「換個位置就換腦袋」。而第三層弦外之音，就是質疑佛吧！賞讀〈誰也不等〉：

就在我們的前面
一個若即若離的地方
有一種腳步聲
吸引我們拼命在追趕

想像得出
步聲中的那個人
鶴髮童顏，道骨仙風
他連呼吸也不敢大意
惟恐，一個噴涕
會造成一場風暴

令多少人皓首窮經
探究雙子星之所以腰斬
土石流奔放之最大原因

我們窮一生
也見不著他的背影
有一天，我們追不動了
或者掉了隊
後面趕過來的人，前撲後繼
踏著我們的頭骨如踏草芥
踩著我們的鮮血如踩泥濘
而且頭也不回
亦如我們當年的驍勇

可是那腳步聲
仍在前面
就在我們呼吸的前面

誰也不等，誰也不等

感覺上聞到一股存在主義的味道，我們一出生就開始向死亡邁進，一群群人，前撲後繼，個個驍勇趕路，就是要邁向死亡。人生是多麼無意義！生命是多麼虛無！多麼可悲！不如我們明天就去跳太平洋！不！眾生必死乃一切眾生之實相。大家都不去跳太平洋，就得「轉念」，好好弄清楚前面那個「人是誰」？專心研究他的腳步聲。到底他是什麼？是「利益、彼岸、死亡、涅盤、西方國、天國、理想國、桃花源……」不論是什麼？必有巨大的吸引力，才會吸引人們用一生去追尋（追趕）！

這首詩也很弔詭，有強大的電力，意志弱或一時想不開的人，讀了會被電死——去跳太平洋。賞讀〈革命後段〉：

本來還在吡吡叫的哨子
一下子就被寒風吹啞了

可憐多人擁護過的廣場
只剩，孤身獨守的銅像

高呼反恐反霸權的群眾
反被飢餓的子彈咬傷

自由便頃刻翩臨廣場
啄食的鴿子驚呼天下唯我獨享

紅綠燈兀自交相打趣
無人的路口，剩遊魂來往

不到黃昏，蝙蝠便四處遴巡
搖身一變，為有翅者嗆聲

所有的招集動員設蘸都收攤
瞻望偷窺的窗口也都垂下了眼簾

皇帝溜回養心殿吃荔枝壓驚

主教回到小教堂跪向瑪琍亞長懺
被踐踏的花草茫然究竟招惹了誰
紀念碑仍挺身堅持一貫的方向

環保義工一陣體力消耗之後
再聳動的口號標語都一舉掃蕩

篤信明天會更好的阿Q
流落在高處噴水車旁引咎受洗

正義癱坐在墊過屁股的報紙上
公理掛在一排枯枝搖晃

烏鴉坦承必須極度靈牙利齒
才能戰勝這場人獸混戰

唯入藉荒誕且荒唐不經者
口水始不會回噴到臉上

拒絕浮名比拒絕野外做愛還難
目盲五色只為誤入雜交的染缸

一群性飢渴寫在臉上的男女
瞧著無人的空曠，與嘆

英雄們如何向風雨交代呢
都曾瘋狂主動配合與風作浪

喜鵲說牠即將閹割自己的舌頭
為整個歌頌的失控作出擔當

群雛驚慌失措的折翼在一起
從聖戰中心逃離到了飢餓邊沿

老獅王被貶到了蠻荒
欲哭無淚的吞下失勢的苦難

確實，要那些四維八德全無的政客，拒絕權力名位，比拒絕野外做愛還難。老大哥真是罵得好，罵死這些禽獸不如的「類人」，若當面這樣罵無良政客，鐵定可以罵死那些「人形獸」（孔明不就罵死王朗）。

詩題「革命後段」是一個高調鮮明的宣示，表示詩人仍持續在革命，嚴守中山先生「革命尚未成功、同志仍須努力」的信念，並未中止他身為革命軍人肩負的革命大業。這個神聖大業是什麼？不外就是追求中國之統一和強大，文字沒說，言外之意則有，批判台灣各黨派荒誕且荒唐的作為，就是加持「中國夢」的實現。

唯一差別，在「革命前段」，他以董上校的身份，穿軍服拿槍革命；而在這「革命後段」，他以詩人向明的身份，著布衣拿筆革命。很多人可能不知道，用筆革命比用槍革命強大很多。美國戰略家馬漢曾說：「一支筆勝過一個艦隊」（註一）。這就是文字的力量。

一支筆的力量確實驚人。才不久前，吾國也曾有人用一支筆使一個行政院長立即下台。民國三十六年二月，神州大地動盪不安，時各界轟涉貪的行政院長宋子文下台，他不動如山。是時，前台大校長傅斯年先生（主持歷史語言所），在《世紀評論》雜誌發表一文章，〈這樣子的宋子文非走開不可〉，舉國注目，宋氏立即辭去行政院長職。（註二）

被書生一批判就自動下台，筆者以為宋子文風骨多少有一些，廉恥心亦有。但台灣這個地方割據政權，藍綠各黨派多是一些奉諛僭竊的黑心政客，恐怕怎麼罵牠們，都不為所動了。佔有一個官位享受權力的滋味，白花花的銀子，大把大把的入袋，這應是台灣政壇所共同認識的「王道」吧！

悲哀啊！復興基地淪落成一個地方割據政權，成為「偽政權」。僅存的孤臣遺民雖然起來抗議，終究無力回天，詩人只好詩記這末代景像，留在歷史時空中，做一個時代沉淪的見證者。

「**一群性飢渴寫在臉上的男女／瞧著無人的空曠，興嘆**」。台灣成為漢奸島已是悲哀，又弄個同性戀女妖來當領導，搞同婚政策，進而把台灣弄成同性戀島，以後再進步成愛滋病島，悲哀已不能形容。只是，詩人見那濁惡如禽獸景像，痛心啊！因為這詩的存在，至少還會痛心數百年以上！

「**老獅王被貶到了蠻荒／欲哭無淚的吞下失勢的苦難**」。這「老獅王」是誰？左想右想只有老校長蔣公合於這詩意的影射，他老人家已走了幾十年了，對他而言已是歷史。能有子弟兵至今不放棄革命精神，以一介詩人身份提筆進行「革命後段」，他老人家在西方極樂世界應感安慰才是！

註釋

註一　馬漢（Alfred Thayer Mahan, 1840-1941），美國著名地緣戰略家，一九一一年出版《海權論》一書，轟動全球，影響至今。

註二　傅斯年，《臺灣大學辦學理念與策略》（台北：臺大出版中心，二〇一二年十月，第二版）。詳見書末年表。

第二章　曹介直詩欣賞

曹介直，一九三〇年生，湖北大冶人，曹操後代（不知第幾世，陸軍官校畢業，一九八七年於台大主任教官（上校）任內退伍。他應是早我二十期以上的大學長，又都在台大主任教官退伍，就先有幾分親切感。

這位大學長很早就是《藍星》詩社同仁，年近八十時出版第一本詩集《第五季》，廣獲好評，二〇一〇年獲第五十一屆中國文藝獎章「詩歌創作獎」。曹介直在《食餘飲後集》第一集有十一首詩，本章選讀數首，〈北回歸線上〉：

車到南靖就忍不住想哭
太陽都回歸十八次了
我還留在這島上

留在這島上

從南到北
從北到南
就像在這條線上玩著跳繩遊戲
啊！玩這種遊戲的年齡我早已過了
而且獨個兒
沒有兒時的玩伴

五四・一・廿五夜

多麼慘痛的經歷和結局，難怪老大哥想哭，從我父親開始就哭，我也想哭。我們見證一個時代走向結束，見證一個政權的末世與終結，而另一個新時代已然壯大，正崛起成為地球上的大哥！

打開任一本《中國歷史年表》，明朝亡於一六四四年（同時也是滿清元年），而一六四四年之後逃到邊陲的明朝政權，只能叫「南明」；同樣，未來的歷史年表編訂，中華民國也是亡於一九四九年，之後雖有個「中華民國在台灣」，但不被認可是全中國的政權，這是中國歷史的常規，也是不得不接受的悲慘現實。

民國五十四年元月廿五日夜，老大哥忍不住想哭，因為離開大陸故鄉親人十多年了，這年三十五歲，還在島上漂泊，異鄉終究是異鄉。濃濃的鄉愁，傷人！傷心啊！他應已九十歲了，異鄉還是不會改故鄉，是他的兒女的故鄉，不是他的。

賞讀〈除夕〉：

從上游漂來的一末浪渣
偶爾在迴流裡思索　昨夜
我曾隨浪頭的激盪　去攀摘
一顆星　明天　當魔術師的
黑巾　猛然揭去
又將是怎樣的風向

偶爾在洄流裡思索
上游漂來的一末浪渣
為了追求一顆星　曾流過
長長的路　而這是一個
怎樣的年代　縱然

在魔術師的手裡
也變不出一絲喜悅

一末浪渣　濡濕的一生
在浪的陵谷間顛簸
戀者不可留　惡者不可拒
在腐蝕之前仍得向下游流去
岸在天涯　星在天上

五五・一・初稿
六五・一・修定

三大戰役慘敗，一百三十萬國軍精銳，幾被全殲。（註一）戰況之慘烈，死人之多，有如戰國時代「長平會戰」的一再重演。於是，六十萬剩餘大軍、百萬軍民，如一個個大浪潮般，又如長江黃河水突然同時轉向南湧流，把所有「浪渣」沖到這個南蠻小島。

大潮流中誰不是「浪渣」？差別只有大浪渣和小浪渣，老大哥只是一個「微小浪渣」，號稱最高領袖的是「巨大浪渣」。不論大小，都無力改變大潮流的流向，被沖到一個島上，就在這島落腳吧！

詩人雖然只是一個「浪渣」，依然不會放棄自己，依然必須努力奮戰，設法摘取一顆星（更上層樓）；或期待最高領袖能帶來一絲喜悅！

最高領袖為安撫軍民，大玩「一年準備、兩年反攻、三年成功」的魔術遊戲，一輪又一輪玩下去。不能想像，若猛然揭去黑巾，將是怎樣的風景？

人在江湖，身不由己；在大浪潮中，也只能當一個浪渣，在浪濤間隨波起落，濡濕的一生，不斷隨浪前進，向下游流去。而所要追尋的理想，不論是個人或最高領袖的，仍是遙遠的夢想，岸（故鄉）在天涯，星（想要的）在天上。賞讀〈憑窗紀實〉：

窗下是一片綠綠的草地
在初夏日落的幽光裡
本來是一片靜美的景色

就因為那顆椰子樹
樹下坐的那對男孩和女孩

他們雙臂交錯有如爐上的乾柴
瞬間化為一團火　整個草地
連同整個黃昏都燃燒了起來

我想燃燒是好的

我的視線抬起
沿著農學院的屋脊向前看去
不遠處是一帶矮山
大半個山　因為豎滿墓碑
顯得疤痕纍纍而青不起來了
而每座墓碑　好像是個亡靈
坐在那兒說他自己的故事
但　歲月比他們的故事還長
所以　都化做了此刻的瘂默……

我想瘂默是必然的

夜 很快的
便落了下來
抬頭 有一顆星
在文學院的上空閃灼……

七二・三・一一於台灣大學軍訓室

民國七十二年三月，在台大軍訓室的詩作，十一年後，八十三年四月，我從花防部三處考教官也來了台大軍訓室。學長所看到的場景，我也看了，絕大多數台大教官也看到過，甚至經常看到。但我們所見，都沒有這首〈憑窗紀實〉看得這麼深入，這麼有境界！

這首詩從兩個簡單的場景意象，寫出了眾生從「生」到「死」。青年男女一陣「乾柴烈火」後，新生命予焉就誕生了，象徵著希望有了，所以燃燒是好的。但人生如白駒過隙，很快就到了生命終點站，死了！就死了！能如何？也只能瘂默接受。

這首詩有兩弦外之音，文字沒說而有其意。一者，從「生」直接就到了「死」，中間沒有「過程」，表示生命就一瞬間；再如存在主義所述「一出生就邁向死亡」。說來很弔詭！很悲情！賞讀〈私念〉：

我多麼希望
將私念
葬於彼女的胸際
（圓圓的　多美好的墓塚啊）
而且　當左邊睡冷了
翻個身
就到了右邊

九三・七・廿五

一首很有深意的小品，這是天下所有男人的私念嗎？其實是欲念，這是演化的結果。

深意來自詭異的意象，男人愛躺在女人胸際用「葬」，兩個圓圓的乳房成了「墓塚」，就得小心了。愛一個女人，可能葬送自己！這是否是詩人給天下男人的警示？因為「天下男人都會犯的錯」（引成龍語），小心為妙。賞讀〈嘴巴當值〉：

這是一個嘴巴當值的年代
你出門　甚至不出門
臉上　心上都可能被濺到唾沫

因之　你不能相信你的耳朵
　　甚至也不能相信你的眼睛

因之　你不能看到一〇一高樓的突然勃起
就真的相信　這地方
已經成為「男子漢」

九五・五・十三夜

有人說媒體和名嘴是台灣社會的亂源，我是認同的，其實這二者是一體的兩面，所以根本亂源是媒體，而所有媒體中，《自由時報》是最大的災難。因之，你不能看到這裡有媒體的存在，就真的相信這地方，已經成為民主社會；突然看到一棟高樓，不代表這裡經濟發展好。這詩告訴我們，很多事情不能只見表象，眼見耳聞未必是真！賞讀〈上帝與人人與瓶〉：

上帝依自己的形象造人
吹口氣進入人身便是人性
這人性混合了七情六欲
常使人受苦
而上帝又很忙
從不做「售後服務」
因此　有的人就不想活
不是互相砍殺
便是自己將自己打破

人依自己的形軀造瓶
卻不敢像上帝掉以輕心
不敢將人氣吹進瓶裡
也不敢將五味十色混合雜陳
甜酸苦辣澀　各裝各的
因此　瓶很單純
　　也很安靜
除了天災人禍將瓶打破
從沒聽說瓶子自殺過

當然　我們不會相信
人比上帝還行
可是　人用完了立即腐朽
不像瓶　用完後
還可以「資源回收」

九五・五・十二夜

在非洲守護著黑猩猩的環保主義者珍古德（Dame Jane Goodall, 1934—），曾說，「人類的出現是進化論的錯」。言下之意，似說進化論可以進化出地球上其他物種，就是不該進化出「人類」這物種，這確是合理的說法，因人類真是太壞、太可怕了。現在地球上一切的破壞都是人造成的，已經快要搞死地球了！當然，地球上尚有幾億人不相信進化論，相信是上帝創造人類。那麼，矛盾就出現了，上帝為什麼要創造只會殺人或自殺的人類？顯然上帝不慈愛亦欠智慧！

這首詩亦有所暗示，人雖有相互砍殺的缺點，但人所創造出來的東西（如瓶子），則單純又安靜，又可一用再用。這暗示人比上帝還行，或比上帝更有智慧。

註釋

註一　三大戰役略要經過可見：陳福成，《蔣毛最後的邂逅》（台北：文史哲出版社，二〇二一年九月）。

第三章　一信的詩野蠻

台灣詩壇元老一信，和我有《三月詩會》的一段因緣，才寫了《一信詩學研究：解剖一隻九頭詩鵠》，於二〇一三年七月，由文史哲出版社出版。

一信寫詩善於出奇用詭，氣勢奔流，有大解放的態勢。這和他的詩觀有關，他主張詩人要有「第三隻眼」，看出別人看不見、看不到、看不清的事物，用藝術手法表達出來，才能寫出不同凡俗的好詩。

在《食餘飲後集》第一集裡，一信有十二首詩，賞讀幾首以驗證他的論述，是否「知行合一」！第一首是〈人的陰陽器官言〉，分組詩二首：

陰道獨白

給這個世界人類留了一條路
一條淺短而深長的道路

一條隱敝卻顯性的道路
一條無法說清楚　卻必須思索
慎行或放縱狂奔的道路

這條道路上　人　性
衝突中融合　對抗中和諧
呻吟中快樂　衝動後寧泰

這條路　性能需要之
冥思中行動中血脈裡精囊裡
傳遞生命　繼續生命之生命

愛遛的鳥說

身體牽絆　各種眼神包圍
困於習俗道德　觀念法令狹籠中
鳥　我是一隻想衝出來

在有陽光有花香空氣裡
自由自在搖晃跳躍
無所在無所不在　有所謂亦無所謂
到處遛逛的鳥

愛看就請看　本來就已生長在這世界上
不看也無所謂　原就不是為看而生長的
既非戲劇又非藝術更非裝飾品
何必注重於看或不看

祇想自我無拘無束地
在想遛的地方遛　在想遛的時間遛
反正遛不塌天　也遛不崩地
大家就讓我自由自在海闊天空地遛吧！

寫了幾十年詩，也讀過兩岸多少家詩，從未看過拿女人和男人的性器官作文章。那兩個東東，誰也不敢說（只能私下暗中和好友說），不能說、不能暗示。

一信卻在光天化日下、眾目睽睽中，以詩言說，由此可證，他見人所未見，言人所未言，真實不虛！

文學最了不起的地方，是可以把黑暗、悲慘、骯髒，大家避之唯恐不及的東西，經由藝術轉化，使其成為感動人的經典作品。白先勇的《孽子》是現代作品的代表，古代更多，屈原、李後主命運悲慘，一個自殺，一個他殺，但他們把悲慘的命運轉化成不朽的文學作品。

一信〈陰道獨白〉也有這樣的轉化（當然他沒有屈、李、白那麼經典）。除了寫出那東東的功能、作用外，彰顯那是所有人類必經之路，傳承生命之路，這就變成一條偉大的路。確實，所有的人，誰能不經此路而誕生？大約只有孫悟空了！

〈愛遛的鳥說〉，牠說，一直想衝出來，衝出來做什麼？不能說，說出來格調就低了。但天下所有的「鳥」都想衝出來，誰願意一輩子被關著，無拘無束的遛，只能是想像力長了翅膀吧！

數十年前，作家里昂有一本小說，《北港香爐人人插》，簡直是露骨的黃色小說，造成文壇不小轟動，撈了一筆不小的銀子。筆者以為那樣的作品太「邪」，一信這首〈人的陰陽器官言〉，合乎「無思邪」創作原則，也就無法造成轟動，沒有機會撈一筆銀子。但證明人都喜歡看「邪門」的東西，難怪這人間道上到處是牛鬼蛇神，盛行邪魔歪道！從古到今，〈三把烈火〉，不斷的燒，永不熄滅，進入二十一世紀，更是「無法無天」的燒。

慾火

有火焚燒在軀體內　逐漸熾烈
火燄興奮　火勢膨脹　熱感鼓動
火　燒掉了聲帶　眼光的矜持　衣服的尊嚴
溶軟肌肉與骨骼的硬度
而勃動的慾念由上而下激昂
也由下而上衝動興奮
焚燒　焚燒　焚燒之火燄
旺盛後……轉趨微弱
弱為慵憊且肉體躺臥成雪

戰火

起自貪念　旺成狂妄　悍作佔據

標的是征服　不可一世的驕橫征服
過程乃殺殺殺……死亡死亡死亡……

火　兵燹之火　殘酷之火　災難之火
燃自權利之火　起自私慾之火　虎狼兇殘之火
而火火火……終必焚成燼
—成詛咒

怒火

布希之怒　血流萬里
屍暴黃沙　建設燹毀
無辜人民婦幼老殘
浮沉戰爭激流中
流離　傷殘　死亡

人肉炸彈之怒　血流五尺

屍骨橫飛　百千繁華城市
籠罩在無盡恐怖陰影中

詩人之怒　敲鍵盤以
奈米精確　超音波析度
測　製造殺戮者的
血毒素濃度　精神之瘋狂深度
精準地鐫刻於歷史光碟上

有一陣子，常看電視二十一台（Discovery），主要介紹非洲各種動物，獅、虎、象、猴、猩……等各物種，發現人類有的行為特質，如好戰、愛情、性慾、兩性關係等，都和人類有很多相近行為。其中以猴和猩兩種動物，兩性關係和人類最多相似。我得到一個結論，「慾火」是一切眾生共有「本性」或「本能」，因慾火的存在，生命得以生生不息。

但人類和其他動物的不同，在於有文明文化，因此知道如何管控慾火，必須在法理情和特定時空限制，才能展示慾火。但萬事有例外，曾有一群同性戀者遊行，光天化日下現出很噁心的畫面，那是蔡氏妖女鼓舞出來的，只能說台灣的悲哀，偽政權的末日景像。

戰火，這是古今中外天天有的事。曾有人進行研究統計，自有歷史記錄（東西方都大約不到五千年），地球上從未有過一天是完全和平的，始終有地方在打仗。

但戰火並非全是壞處，也有好處。筆者研究中國歷代戰史，發現朝代之末的腐敗和分裂，都靠戰火推翻腐敗者並回歸統一。（註一）針對目前兩岸，我是主張武統的，代價雖大，可一勞永逸！

有人的地方就有怒火，只是怒火由一個邪惡的美帝發動，給全世界弱小之國（伊拉克、敘利亞、阿富汗等），帶來無窮災難。如何終結邪惡美帝霸權？我著書立說，鼓舞伊斯蘭子民向賓拉登學習，再對美國發動十次「九一一」式攻擊，直到美帝崩倒、滅亡為止。（註二）這是詩人之怒，一信的詩人之怒，光敲鍵盤留於歷史光碟，沒有發揮一支筆的戰力。賞讀一信的代表作〈詩野蠻〉：

> 捽出文字　就出刀如風　出劍如雨
> 砍殺詩章就是美德
> 不信去問「修辭」
> 不砍不殺不刪不修

那能成有血有肉有精誠精鍊的真詩

溫柔的笑　溫婉的好
且去自我纏綿
且去寢舊夢擁新歡
且去歌舞風月親香抱寵

我執筆乃抽刀出鞘
尋敵寇於文化街頭
誰曾謀害真理？
誰曾勒斃善良美好？
誰曾追殺藝術生命於無情黑手？

來　今日誓必你我亡命搏殺在
無限空間　有限時間　立即生死間
筆墨鏖戰　戰火燹毀
藝文浴血　血染詩心

咆哮撲向文字殺戮疆場
今朝今夕　高燃詩之野蠻戰火
定必殺出個是非黑白

詩自古即曾野蠻　即曾
《天問》一百六十一惑詢道理
憂苦《離騷》　哀傷《召魂》
瀝血《九歌》於《國殤》
也曾　荒域胡笳弔戰場魂魄

琵琶陽關三疊斷腸黃沙
古希臘史詩眾神血戰特洛伊城
殺伐九年木馬屠城處處血腥
現代詩且有闇哲學　屠美學
獸嗥成詩歌　吼聲為史詩
搖滾樂中擴張音爆
強佔詩語言　詩生命　詩靈魂

比野蠻更粗悍地野蠻

野蠻　野蠻　野蠻
以樸真野蠻情懷
衝搏向多虛偽文明時代
揮刀砍詩的舊思維老觀念
舞劍斬削現代魔面污手
殺入貪婪權勢核心
毀舊創新　創造
新題材新意象新詩語言

野蠻　野蠻　野蠻
衹有野蠻才能有野生野長新創作
能野　敢野　才有野野的時代新作品
野蠻　我要放誕地野蠻創作新詩

從這本詩集中，一信的幾個詩題如，〈人的陰陽器官言〉、〈人肉炸彈〉和

〈詩野蠻〉等，他確實做到「毀舊創新」，創造新題材新意象新詩語言。回顧中國人寫詩幾千年，沒有說寫詩要「野蠻」，一信第一個這樣說，但他的野蠻之意何在？

筆者以為一信的野蠻有三意：(一)回歸自然，(二)苦思打破成規創新，(三)大解放。何謂「自然」？唐代有個叫釋皎然（姓謝、名書），在他的著作《詩式》中說：「詩不假修飾，任其醜朴，但風韻正，天真全，即名上等，予曰不然。」又說：「自然不是聽任自然，而是追求自然」。另司空圖在《詩品》中詮解「自然」說：（註三）

俯拾即是，不取諸鄰。俱道適往，著手成春。
如逢開花，如瞻歲新。真與不奪，強得易貧。
幽人空山，過雨採蘋。薄言情悟，悠悠天鈞。

司空圖說的自然，類似老子「道法自然」，如天地運行之自然，亦如生活中身旁的事，就地取材都是詩的自然。但相較於一信的野蠻「自然」，好像是自然中的更自然，荒野大自然吧！

一信詩野蠻的第二義，是「苦思打破成規創新」。苦思風氣盛行於大唐詩人，如杜甫說：「語不驚人死不休」，要有這種「效果」，就得打破成規，創新造奇。「不入虎穴、焉得虎子」，「置之死地而後生也」。

這首詩中「砍殺詩章、筆墨鏖戰、咆哮文字、闡哲學、屠美學」，都是打破成規，苦思創奇創新，達到「語不驚人死不休」的效果。

一信詩野蠻的第三義是「大解放」，他要「放誕地野蠻創作新詩」，力求澈底的自然和驚奇，使身心靈解放，頗有大唐詩風。

註　釋

註一　陳福成，《中國歷代戰爭新詮》（台北：時英出版社，二〇〇六年七月）。

註二　陳福成，《第四波戰爭開山鼻祖賓拉登》（台北：文史哲出版社，二〇一一年七月）。

註三　蕭水順，《從鍾嶸詩品到司空詩品》（台北：文史哲出版社，民國八十二年二月），下篇。

第四章 欣賞朵思的詩

雖然前半生的時間完全「關在野戰部隊」，每日只知聽令行事，與外界幾乎是處於隔離狀態，一心忙於「反攻大陸、解救同胞」。我是一個後知後覺者，我同學中很多人早知「反攻無望」，只有我執迷不悟，一直留在野戰部隊，眼看「寡婦死了兒子」，只得轉教官到台灣大學，時已過不惑之年。

僅有少許「認識」幾位詩壇藝文界朋友，都是到台灣大學以後和外界有所接觸，才「知道」的。例如，朵思，知道文壇上有這個人，讀過她的東西也算「認識」她，但她並不認識我，這算認識嗎？

朵思，本名周翠卿，一九三九年生。一九五三年在《公論報》副刊發表第一篇小說時，筆者正好一歲，看她的簡歷，她成名很早，也出版多本詩集。

朵思「討厭沒有內涵的詩人，也不喜歡沒有深度的詩」。問題在於，內涵和深度有些很主觀，不易測知或確定，只能憑主觀感覺。

在《食餘飲後集》第一集裡，朵思有九首詩。首先賞讀小詩三首〈組詩〉：

一、家鄉・異鄉

電梯向上攀升
透明纖維玻璃外的樓層
次第下降
中庭擠滿咖啡香味
西雅圖過客
抿住短鬚下的唇
思索：這裡是
家鄉還是他鄉？

二、他　鄉

夜在窗外的霓虹燈裡游走
四十五樓對峙著一座古色古香的建築
就近蠟燭的眼睛

在鏡片外搜尋海外報紙的廣告
廣告欄上，他找到
顫慄過自己的他鄉

三、帖　記

暴風圈籠罩整座島嶼
他的心在滑鼠下顫動
他的心在峽灣的景色中失眠
：在一座瀑布中解脱

中華民族是全世界各民族中，最眷戀故土的民族。所以落葉歸根，可以說是所有中國人在往生後，最希望的歸宿，最能讓死者安心的安排；反之，若不能落葉歸根，都視為人生的遺憾。

但，何處是故鄉？又何處是他鄉？所有的故鄉都是早期的他鄉，所有的他鄉經過幾代也變故鄉。若要追到更早，所有閩南人（河洛人）的最初故鄉都在黃河和洛水一帶。再追到數百萬年前，非洲肯亞是所有人類的故鄉，再上溯幾億年，科學家說地球上的生命是外來的，遙遠的故鄉又是宇宙哪個角落？我們活在當下，在台灣住了一輩子，生長在台灣，成了西雅圖過客時，台灣是故鄉。我從不出國（無意義），出生在台中，在台北住了四十年，台北仍是他鄉，台中才是故鄉。賞讀〈夜間風景〉：

我是拼圖板上一塊出走的圖片
在這城市一隅抖縮著。變成
一片落葉
在豐碩流動的霓虹光照裡
被世俗的風聲推擠著
不斷和夜間的風景磨蹭

我是張虛擬的床
有虛擬的頭顱，壓著
我即將窒息的呼吸
所有四竄的燈光
都在讀著時間的唇語

整座城市動盪著剎那的快樂
和不快樂
我在那裡尋找早晨
清脆乾淨的鳥聲……

「我是誰？」「我在哪裡？」是很多人一生也弄不清楚的問題。年輕的時候，絕大多數人找不到「我」。苦苦找尋，中年時找到「我」；但不久後，你碰到佛，佛在《金剛經》說根本「無我」；你上佛光山問星雲大師「我是誰？」他說：「你就是佛啊！」

詩人也追尋了一輩子了，他發現「我」，原來只是一塊圖片、一片落葉或一張虛擬的床，頭顱也是虛擬的。看來詩人像是悟了，「一切有為法，如夢幻泡影」，一切的存在都是因緣和合的假相，緣散即滅！

在這緣起緣滅之間，我們的存在都只一瞬間，抓住當下，能聽到一聲「清脆乾淨的鳥聲」，便是快樂。賞讀另一首〈沙漏〉：

我在上面流淚
你在空空的下面等我

我數著時間慢慢放棄自己
你在平靜中堆積茁壯
我丟掉的一分一秒
你默默珍惜撿起
虛懸的我　睜看長大的你

另一次輪迴

我仰望充實的你
你把智慧一粒粒澆灌同一時空的我
我承受澆灌的淚滴
匯聚成一堆美麗的沙堡
沙堡中其實也涵蓋你的蹤跡

詩人有特異功能，修煉到能把自己「分身」，一個我分割為二，進行「我」和「你」的相對論述，闡揚世間一切法都是相對論，且在相對中輪迴。「沙漏」只是一個比喻，上方失去的成為下方的成長。如父母一分一秒的老去，是兒女一分一秒的成長，兒女也傳承著父母的基因。

以上幾首詩都很有內涵，又有深度，沙漏的相對意象，夜間風景中快樂和不快樂都是剎那的事。很能觸動讀者的反思，引發更多的想像空間。

第五章 艾農的詩很多情

艾農，本名趙潤海，祖籍山東，一九五四年出生在台南。東海大學中文所畢業。大學時代開始現代詩創作，算是接觸的很早，曾加入《創世紀》。

艾農認為「詩是生活的，但更是感情的，人生中沒有了喜怒哀樂，就不會有詩，就不必有詩。」這是中國傳統詩學的「言志抒情」觀，他的詩很多情。

在《食餘飲後集》第一集，艾農有十首詩，大多和愛情或兩性關係有關。可見他說詩是感情的，他可是玩真的，不是在玩詩。賞讀〈最後的戀人〉：

我是你最後的戀人
永遠不用分手
也決不會爭吵
我們的唇吻
做了故事中最美麗的插圖

我們的體溫
成為詩篇裡最隱微的餘韻
你的寂寞留給了過去
我的寂寞留給了自己
自今而往
我們的愛情
是你唯一禁得起考驗的歷史
你是我最後的戀人
永遠不用分手
也決不會爭吵
你的眼神
佔據我最溫柔的一片回憶
你的身體
隸屬我最放心的一塊領土
立春之後
我們的故事

是結束也是開始

艾農和我是同時代的人，所以應該是有「共同語言」。在我們的大學時代，談戀愛是「全班運動」，每個男生天天都在研究如何寫好情書。不會寫就抄別人的，或買一本《情書大全》可用很久，談戀愛是必修課，失戀是常態，不會去跳太平洋。

這首〈最後的戀人〉，感覺上像已修成正果但未結連理，「她」就取得西方國簽證。所以，永遠不用分手，也永遠不會爭吵了，只留給自己永遠的回憶。

但這種愛才是永恆的。你的眼神是我溫柔的回憶，你的身體是我的領土的一部份，曾經擁有就好，在最美的地方劃下完美的句點，不也是人生的亮點！另一首也有關愛情吧！〈寂寞歌〉：

因為寂寞
在夜色與夜色之間
我們彼此佔領
以汗水以翻滾
以所有征伐的方式

使肉體崩潰心靈空虛
因為寂寞
使我們善於窺探
在黑暗中摸索
並且毫無選擇
不能拒絕
因為寂寞
我們決定互相傷害
用一切合於人性的手段
使彼此絕望
因為寂寞
我們怠於等候
一個完美的愛的藉口

因為寂寞
我們最終的歸宿是流浪
　因為寂寞

「對酒當歌，人生幾何？譬如朝露，去日苦多。慨當以慷，憂思難忘。何以解憂？唯有杜康。」這是曹操的寂寞。「且樂生前一杯酒，何須身後千載名！」這是詩人李白的寂寞。

不論帝王將相、凡夫詩人，都在稱孤道寡。其實人生的本質就是孤寂的，我們始終都是千山獨行，也因為孤寂，很多偉大的作品才會誕生。

因為寂寞，所以我們寫詩，詩是我們所有詩人的「閨蜜」，是詩人的紅粉知己。在詩中可以做一切事，包含做愛，這首詩在形式從六行到一行的安排，似乎在說人生越來越寂寞。賞讀〈我們彼此需要〉：

我把肉體送給你
你把愛給我
我們在彼此的靈魂裡探險

在一個微溫的冬日
在一個微溫的冬日
我決定停止心的流浪
你找到愛的方向
在一個不安定的時代裡
我們彼此需要

我們彼此需要
在未知的今生
在已知的前世
沒有理由擦身而過
也不必費心尋找
我們彼此需要

這首和〈寂寞歌〉都有鮮明的性愛意象，而且這兩首並不歌頌愛情，做愛也不必有愛情基礎，緣於寂寞或需要，就可以做愛做的事，不是嗎？「我的身體由我決定」，但多少還要一點兩情相悅的氣氛！

這首詩也很直白，結婚只要彼此需要就可以，甚至現在流行不婚，但因彼此有「需要」，也選擇同居，男人得到肉體，女人得到愛。這是現代社會新潮流嗎？老夫真的莫宰羊！賞讀〈分手〉：

讓我退到你生命的邊陲
但你仍不時召喚我
以上的記憶

我們曾經那樣的陌生
在時間的河流裡
同舟但不能共濟
你有你的風帆
我有我委身的船舵
在時間的河流裡
各自找尋我們的方向

如今你的風帆選擇了沉默
而我的行程還正長
如果不能緘默
請選擇祝福
如果不能遺忘
請選擇回憶

兩性之間不論何種身份，分手總是叫人感傷。在我年輕的時代，談戀愛是「全班運動」，幾乎所有男同學都在研究怎樣追女生，失戀分手都是平常，只落寞幾天又打起精神，設定新對象再戰！

但有些感情已很深入，「同行」多年又分手，如這首詩的情境，藕斷絲連成為一種苦。因為雙方都不捨，又必須分手，這種回憶是「血的記憶」。另一首〈選擇〉：

從今以後你有了你的方向
在最錯綜複雜
在最不能平靜無波

在最最傷害彼此的世界裡
不知道還需不需要保留一點回憶
還需不需要保留一點熟悉的溫暖
如果拒絕是最好的選擇

如果拒絕是最好的選擇
可不可以用一個不像謊言的理由
讓彼此為過去的回憶負責
讓彼此為負責感到驕傲
讓驕傲成為一種回憶
讓回憶成為溫暖
讓我們各自選擇自己的方向

二〇〇六年四月廿一日

〈選擇〉也是分手，要讓分手成為驕傲的回憶，使回憶成為溫暖。要達到這麼有境界的分手，難度很高，雙方都要有些智慧和理性，一般所見分手都很難善了！

詩人、作家、小說家所創作品，不一定是發生在自己身上的事，但必與自己生活經驗所見所聞所思有關。如余光中、周夢蝶等作品，西方如但丁（Dante Alighieri, 1265~1321年）。〈選擇〉刻骨銘心，想必詩人曾有所見的生活經驗，轉化為詩甚是感動。再一首〈結束〉：

因為你的存在
在一切令人失望的故事裡
在我一無所有的人生裡
我曾經驕傲

我曾經驕傲
在你盡情奉獻的日子裡
在一切使人感動的愛情裡
因為你的存在

彼此擁有過彼此的靈魂

彼此擁有過彼此的身體
在我以為的天長地久裡
在我以為的天長地久裡
終必在每條餘韻猶存的旋律後結束
你跟我的故事

二〇〇六年四月廿一日

〈選擇〉和〈結束〉二詩，寫作時間都是二〇〇六年四月廿一日，看來就是詩人自己的故事，也是我曾經有過的故事，情節還相同，刻骨銘心的愛啊！沒辦法，年輕時就是一團火！乾柴烈火燒起來，海龍王來也澆不熄。但現在，澆汽油也燒不起來，人生啊！太詭！

兩性關係是世間矛盾與統一的永恆進行曲，是和諧和鬥爭的長期消耗戰，愛恨情仇的源頭。但從佛法看，一切都是因緣，《入楞伽經》說：「諸因緣和合，愚痴分別生，不知如是法，流轉三界中。」整個人生、社會、世界、宇宙，都離不開因緣和合，緣生緣滅！

在《緣生論》亦說：「藉緣生煩惱，藉緣亦生業，藉緣亦生報，無一不有緣。」所以，寂寞、需要、選擇、分手、結束，就都隨緣吧！

總的來看艾農這幾首詩，他還真是個「多情詩人」。若能把這些故事，完整的組織起來，或許可以和《神曲》或《梁山伯與祝英台》，同樣感人熱淚！

第六章 鍾雲如在詩田種花種愛

鍾雲如，是天主教徒，信上帝的。在我很早的認知裡，上帝是中國人、中國神，證據在《詩經》，這部大約是近四千年前，中華民族最早的詩人合集裡，有許多有關上帝的記錄。如〈大雅〉：「上帝既命，侯予周服。」「其香始升，上帝居歆。」「殷之未喪師，克配上帝。」尚有很多，之後又經過一千多年，上帝才傳到西方！

鍾雲如，台灣人，生年不詳。她認為詩是心靈開放花園，寫詩即是種花人，讀詩是賞花人，選詩是採花人，詩人應給世界增添美麗和芬芳。這和我的思維很相近，因為星雲大師說：「我們做人，要給人方便、給人希望、給人信心、給人快樂。」「做人不要像一根刺，遇人傷人、理事壞事；要像一朵花，給人芬芳！」筆者身為他的弟子，師父的話就是我的人生準則。

在這《食餘飲後集》第一集裡，鍾雲如有十首詩。確實這十首除了〈問屈原〉有些感傷，其他每一首都像一朵花，不同的花種，散發同樣的芬芳與溫馨。賞讀

〈人生的咖啡豆〉：

如果人生是痛苦的咖啡豆
我要把它拼貼為花器
好妝點生活
如果人生是回憶的咖啡豆
我要將它釀成老酒
好品嚐濃郁
如果人生是困難的咖啡豆
我會以你之名磨碎
好共賞芳香
人生咖啡是香是濃是苦
我們自己決定

太好了，世間的痛苦、困難，碰到鍾雲如，都可以轉化成芳香，這是詩的意境，更是人生的境界。她確實找到「真我」，我是我的主人，不會被外界牽著鼻子走，她也是「獨樂不如眾樂」的詩人，講生活情調，願與人共賞美好！處於眾中，她像一顆巧克力，欣賞一首〈你是我的巧克力〉：

巧克力把活力
融入全身的細胞
比起明天的食物
舞蹈　音樂
更有吸引力

非洲的天空晴朗
沒有憂鬱症狂想症的淚水或口水
明天的自由
比不上我的愛人
你是我的星星月亮太陽
你是我的巧克力

巧克力的魅力
翻轉世界思考
希望的城市
重新定位

你是我的巧克力，我也是你的巧克力，大家是大家的巧克力，人間沒了假醜惡，極樂世界便在人間了。當然，這是不可能的，世界永遠沒有和平，社會永遠有黑暗面，淨土永遠不會出現在人間。

但我師父星雲大師說，世界不和平，我們內心可以和平；社會不清淨，我們內心可以清淨。有如這詩意，做人可以做一個「巧克力」，給人歡喜，給人甜蜜，給人芬芳。這應該就是女詩人的〈真我〉吧：

俯首側耳在我脊樑上
是你習慣的溫柔
傾聽我的心聲麼

我已不是骨頭裡的蛀蟲
汲汲營營
寄生在你的軀體

如來如去如雲如水
尋找真愛
惟自由鑑照靈魂的原貌

蟬站上夏季的舞台
唱與不唱
誰在乎？

「我是誰？」「真我是什麼？」這問題很簡單，也很深妙。簡單說「我是張三」，再深入問「張三是什麼？」問地球上七十多億人，可能有七十多億個答案，但沒有一個答案能說得清楚明白！

二千多年前，佛陀在菩提樹下金剛座上證悟說：「大地眾生皆有如來智慧德性」，即人人都有佛性。所以「我是佛」，你也是佛，詩人當然也是佛，鍾雲如也是佛。但她是信仰上帝的，說她是佛，她定有意見，其實佛和上帝根本是一家人，甚至同一人，這樣一來，她應可接受。賞讀〈開門第八件事〉：

開門第八件事

擁抱

擁抱你的突刺
擁抱你的溫柔
擁抱你的快樂
擁抱你的沉默
擁抱你的氣息

每一天擁抱每一天
緊緊擁抱這個世界

很有創意的一首詩，把積極樂觀開朗的氣氛傳給大家，擁抱每一天當成開門第八件事。這也暗示，擁抱每一天就像吃飯喝茶那樣平常、正常，很有鼓舞人心作用，真正給人信心、給人力量。

緊緊擁抱這個世界也暗示著，不論這個世界有多少黑暗面，也要擁抱這個世界。擁抱使世界增加溫暖，減少黑暗面，便是增加光明面。賞讀〈愛的一○一〉：

這個時代
充滿競賽
人們用房屋標誌著權力和慾望
高高的尖塔象徵著什麼
像一把利劍刺向天際的心臟
或像一把梯子藉它摘下最亮的星星

孩子純潔的心從小被訓練
學習累積高度
往更高的視野攀爬
然而
我們的心如何守候
適應這忽高忽低如坐雲霄飛車的環境

誰知道權力—〇—的背後
誰知道財富—〇—的背後
誰知道功名—〇—的背後
誰知道美貌—〇—的背後
所有成績所有成就—〇—的背後
有沒有被冷落的—〇—
有沒有黑暗的—〇—
有沒有恐懼的—〇—
有沒有醜陋的—〇—
在失魂的陰暗角落哭泣
聖嬰的降臨
給人們啓示
另一個高度 愛的—〇—
適合我們輕鬆的攀爬

愛的一〇一
是我們的手牽著別人的手
愛的一〇一
是別人的手牽著我們的手

人類社會從日出而作、日落而息的農耕時代，進化到工業時代、科技文明、電腦時代，還在向前奔馳，奔向量子世界、機器人世界、星際文明世界……演化，沒有「剎車」機制，也不受人管控……

於是，追求最高、最強、最大、最富、最帥、最美……是這個社會競技場上的王道。更可怕的，為達目的可以不要禮義廉恥，可以不擇手段！

時代走到這樣，詩人是有所警惕的，乃提出「警告」，小心最高最富的後面，以及社會最黑暗的地方、最被冷落的地方、最後缺愛的地方。我們可以用愛，大家手牽手，一起用愛改善社會，改變這個世界。

總的來看鍾雲如在這集的詩，她確實是一個種花人，在她的詩田種花種愛，散發芬芳。相信她的生活亦如是，把花香和愛分享給別人！

第七章　金門詩人張國治

張國治，一九五七年五月出生在金門，十八歲離開金門到台灣，展開他鄉是異鄉的追尋，這年應該是一九七五年（民64）。也就這年，我從陸官畢業，九月就到金門報到，任斗門砲兵連中尉連附，之後我二十多年職業軍人生涯中，三次金門共待了五年多，看到有金門詩人，內心就有一種親切感。

小我五歲，他也快進入「老人國」了。按張國治自己的說法，他身份多元且複雜，後現代去中心、去主體、分裂、邊緣、不確定狀態。我看起來，似懂非懂，分裂，只要不搞分裂族群、分裂祖國就好。

他說高中起，即矢志成為詩人、攝影家、藝術家，看他簡歷已著作等身，應已達成人生的願望。他認為人間是虛幻的，詩是真實的。這就接近了《金剛經》所述，「一切有為法，如夢幻泡影」的世界觀；其實詩也是虛幻的，因為詩就是有為法的產物，緣滅（百年、千年）後，詩亦不存在。

他又說，心靈沉潛的，是時間的奸細，也是歲月的巨盜，是他一輩子的紋身。

人從出生開始受環境「紋身、紋心、紋腦子」，經時間累積，終於「紋」出一個有學問的帥哥，更深入去追尋自己的夢想。

在《食餘飲後集》第一集，張國治有十首詩，看起來很「後現代」或「超現代」的樣子。選讀數首欣賞，〈紋身〉：

不再修正了
午夜，驚險為營
經過筆端細密撫觸
一針一針信仰圖騰
正努力為浮世烙痕

要把生命每一個驚艷彩繪
每個讚歎轉折
縝密雕刻成
每一吋繁花盛果
要每一個撕裂意象溶於
每一吋肌膚汗孔之間

要每一條劃過痕跡繁複
卻仍然準確無誤
要每一刀力道
上下其手，溫柔有力
要虛無開鑿的語碼
訴說成有力思想真理
要想像集結
要悲壯完成
要如花境地圖騰
在暗夜美麗綻放

要在肉軀腐敗之前
徹底的美麗，輝煌一次

二〇〇三年十月十日

他十八歲前在金門「紋」過戰地的味道，紋入他年輕的腦袋。之後，台灣藝專、師大美術、美國碩士，種種學問都紋進他的身心靈，加上他一路走來聞思修創，到二〇〇三年，已過不惑之年，一切都「定型」了，當然就「不再修正了」。

不再修正，路線方向屬性都定了，依然要向前衝，讓每一個驚艷發光發熱，讓每一個盛果百分百合自己的意；做每一件事，仍有初心的力道，悲壯圓滿！

人生只有一次機會，定要精彩、美麗、輝煌，要在肉軀腐敗之前，創造非凡的人生。這是經一輩子「紋身」後，軀體所能發揮的最大功能吧！賞讀〈現代藝術系列——達達主義（DaDa）〉：

反反反，造反有理
我們反戰、反審美、反傳統藝術文學
理由只是厭倦了一次大戰的恐怖
戰爭，無休止轟炸與破壞
啊！我們對戰爭厭煩到極點
戰爭，戰爭，猙獰的戰爭
人生何來美與原則？
反反反，反邏輯，反諷
叫現代、前現代都好

在這時而偽裝拙劣自然
玄幻的時空，我們厭惡抄襲現實
對於人生，我謹抱著
「不可言詮者的精闢詮釋」立場
我們不賣弄玄虛，雖然人生虛無
我們甚至令人討厭
哦！存心惹你厭煩
說我虛無，破壞都好
我不假辯白，人生何嘗不是？
反反反，造反無罪
叫前衛、先鋒都好
你什麼叫什麼罵都可以
我們的精神卻從未消失
那些集合藝術（Arts of Assemblage）
廢物雕塑（Junk Sculpture）
普普藝術（Pop Art）等所謂的新達達藝術
還不是乖乖循我們路子走

甚至連那些後現代（Post Modern）的徒子徒孫
還不是拿我們為現成物（Ready-made）供奉
但這一切都不是我們的本意
顛覆不是我們的錯

這一切都是馬歇爾・杜象（Marccl Duchamp）
惹的禍
要不是他慧眼發現，一時性急
把小便池搬移到畫廊美其名《噴泉》
要不是他靈機一動，無心開了一個玩笑
在蒙娜麗莎唇邊撇了三羊鬍鬚
現代藝術何來這麼紛亂不堪？
他是先知，無以倫比的現代藝術導師

但我們是詩人
我們讓誕生於自然東西
更可接近詩意的偽裝

無言的想像翅膀飛得更高更遠
無非實踐：人生因有創意而偉大

註：Dada 原意是「木馬」（hobbyhorse），或根據牛津簡明字典，是「嬰孩的一種語聲」。

《創世紀》詩雜誌第一二五期
二○○○年冬季號十二月

多年前，有朋友好奇，約我一起到台北現代藝術館參觀，結果我們看到不少「破銅爛鐵」，乃至破輪胎掛在白色畫板上。有兩件「作品」讓我們啼笑皆非，一件是廁所用過的舊拖把掛牆上，一件是廚房用過的一堆絲瓜布。後來我和朋友，對所謂「現代藝術」都很難接受，覺得就是一時做怪的人。

我對現代藝術、達達主義或普普藝術不懂，所以沒有話語權。但我從人類歷史演化過程觀察，每個時代都有主流和支流，每個時代也有一群保守和先進的人，而最先進的就是「造反派」。滿清末年中山先生革命，在清政府眼中就是造反，成功建立民國才叫革命，若未成功，他就是「造反」不成！

但人突然覺悟〈發現真相〉也會造反，被騙一輩子，突然發現真相，立刻就起來造反。前一陣子（才二〇二一年發生的事），美國的黑人和原住民（印第安人），因中國在聯合國人權會舉報，他們那些開國「英雄」，傑佛遜、華盛頓，都曾大量販賣黑人、屠殺印第安人，群情激憤，推倒「偉人銅像」（台灣媒體刻意都不報），大有起來造反的態勢。

我以為歷史始終在正↓反↓合的軌跡前進，不論文學、美術等藝術思潮，乃至政治、社會、民心潮流，亦皆如是。東西方政權、國家或偽政權等，都在正反合動力推展下，一代久了腐化，有人起來造反或革命，新的時代予焉誕生。在這大潮中，人只是一個小小的零件，乃至是主體的「工具」。

二十世紀初，從歐洲發起「新藝術」風行世界，為何出現「新藝術」，乃因工業革命後出現新的生活模式，但裝飾形式仍存留在古典時期，如英國維多利亞風、法國新古典主義、美國折衷主義，使當時的設計家深感「造反」的時機到了，因而出現新藝術運動。

每個運動都是江海大潮，個人無力抗拒，在「反攻大陸」大潮下，金門就是戰地，人人無從逃避。我們只能在潮流中奮進，證明自己的存在。「我詩故我在」「我造反故我在」，若不造反，你是不存在的。賞讀〈浯潮再起宣言—金門畫會30週年再出航返鄉首展〉：

我們彷彿漂浮在歷史料羅灣海面
聽見波濤洶湧，蒼老的海嘯
穿越時空晦暗，煙硝烽火
踏著雪亮　浪花而來

負笈他鄉，獨立藝海
我們曾以熊熊意志煮沸鄉愁
起造爐火打鍛技藝
如今，我們再度回到原鄉
啓碇的港灣
我們戀棧鄉土　但絕不自囿
一切皆已準備就緒
彷彿回到最初戰鬥位置
迎向藝術浪潮席捲
往當代藝術陣營前挺

海島的子民，戰爭迷彩的兒女
以歷史滄桑為書寫
以高粱紅土層為幅，以藍天碧海為視窗
努力在古老牆顏彩繪，按下時間的快門
裝置當代的語彙，呈現視覺思維
讓野蜻蜓從反空降白椿飛起
並且，在堅硬花崗岩鑿刻永恆勒石

風雲多變，浯潮再起
揚帆待飛，有一種怦然
心動如潮漲出航的
喜悅，如同一束曙光
從海上仙洲緩緩升起

二〇〇四年七月一日（周四）凌晨於金門，慶賀金門縣文化局成立，旅台藝術家返鄉首展。

自從最後一次金門回台後，竟過了三十一年了，這三十多年來，從未想過要重遊金門。現在就經由國治的詩畫宣言，喚醒那些舊夢，回憶我的金門。

民國六十四年陸官畢業，八月底就到金門報到，當一個基層砲兵軍官（斗門砲兵連），這一輪駐就是兩年，苦啊！例假日走遍金門所有「能看」的景點：毋忘在莒、莒光樓、太武山頂海印寺、古崗湖、文台古塔、南盤山觀海、延平王祠、浯江書院、吳公亭、古寧頭、民俗村……金城、金湖、金沙、山外、看電影、撞球店和冰果室泡小姐……六十六年底回台灣。

第二次到金門，民國七十三年中到七十五年約七月，任金防部政三組中校監察官，專管工程和採購，在武揚坑道住了兩年，晚餐後常在太武公墓散步。當參謀就是整天在外跑，跑遍各部隊、各離島。

第三次到金門，是七十八到七十九兩年，在小金門任軍砲六三八營營長，我營有兩四洞、八吋、一五五加，三種大砲各有一連，是金門火力最強大的單位。

「我們曾以熊熊意志煮沸鄉愁……我們眷戀鄉土」詩人眷戀著故鄉金門，而我在金門「紋身」五年多，我也眷戀著金門；它一手牽大陸，一手牽台灣，兩岸才不會完全失聯！賞讀〈選舉素描——記台灣九〇年代新造神運動〉：

一、無所遁逃

無所遁逃，視而不見的旗海翻騰
無所遁逃的灰雲、車陣
無所遁逃，聽而不聞的廣告分貝
巨大的機器馬達引擎發動
如一只巨大心臟擴張
即將遁逃小小隱匿的心
無所遁逃這顆跳動的心

窗外選舉叫囂肆虐
窗內詩行緩緩爬過

任房內詩意象結構千鈞堆
如何抵擋窗外喧天宏量
詩的聲音哪裡去了！

二、國旗 國道

君不見廟前左右兩側
杵立各路侯選人馬幡旗飛揚
賽過沉默諸神
包青天正氣凜燃
觀世音凝神默然
羅漢分列盤坐，諸菩薩
救世主亦然無動於衷

君不見馬路車陣選舉花車
賽過迎神賽會藝閣
玄天大帝帶領之陣頭？

君不見天橋、路橋兩側
旗正翻仰，各色幟旗飄揚
賽過國恩家慶、嘉年華會

通往天國或和平之路是否打通？
君不見街道挨家挨户
插滿了意識旗幟
勝過七月流火，萬家普度祭引路燈
政見諾言普渡了眾生？
這是一個盛大民主祭典
新造神運動
人人自翊眾神使徒
在人氣指數中，沸騰光暈裡眩目震耳

三、走　過

走過通往民主的路橋
踏上與神交鋒過火的天橋
小小的心被一片彩色競豔
旗海吹打眩惑

黨徽黨旗倒下
刮傷踩壞
人氣指數列位造神肖像掉了
文字諾言充氣政見氣球破了
扭曲謊言黨意標語立桿倒了
車子輾過
行人踩過

光辣辣的陽光
全然不理會昨夜一片
翻騰與灰暗的競技

世界恢復了它的寬頻與音軌

說實在，我對西方民主政治這套政治制度，早已完全破滅。大約在我四十歲前，我仍相信「民主政治」（西式）是人類社會最好的制度，但從政治研究所畢業後，不斷觀察研究各民主國家（主要英、美、法、日、菲律賓），我的信念漸漸破滅，五十歲後我肯定的說：「西方民主政治將使人類社會崩解，使人退化，終將毀滅人類社會。」於是，我著書立說出版《找尋理想國：中國式民主政治研究要綱》。（註一）大力宣揚中國式民主政治。只有這套制度可救人類、救地球，我是認真的。

這個問題當然不是三言兩語能說清楚，至少要幾萬字論文來梳理，筆者這本《要綱》也只概論。但仍可再簡化以下幾點。

第一、西方民主政治打開了人性的「潘朵拉盒」，因而導至人性欲望失控，社會、國家都難以管控，這就是「民粹化」必然出現的問題。這只要看全世界所有推行西方民主的國家，就可以知道我言屬實，一個國家、社會民粹化後，就什麼事都做不成，快速趨向長期動亂。

第二、人性欲望失控後，維持政治秩序必須的規範隨之崩解，政治人物獲取權力便可以擇手段。例子太多了，近幾次美國、菲律賓、台灣都很可怕，科技進步，造假手段近乎「天衣無縫」，而說是民主政治，其實人民只是可憐的「工具」。

第三、由於前兩項的結果，民主政治標榜的「神話」也破滅。例如，政黨政治、民意政治、媒體第四權、法治政治、責任政治等，本是民主重要價值。但看看現在各民主國家，政黨相互攻殺只為黨意，民意都是被操弄綁架的，媒體就別提了，沒有公正的媒體，《自由時報》更是天下最黑的地方。

第四、民主政治的背後是大資本家（美國為例），其參眾兩院和領導階層，每人背後都代表某資本家利益，也由那些資本家供養著。只有資本家利益，沒有社會利益，更沒有廣大人民群眾利益，百分之五的大資本家控制全國七成以上財富，貧富的兩極化已在崩解邊緣。

紙短情長說不盡，但若「中國式管理」，上述災難都可避免。其實在美國已有警悟的學者（英國也有），與筆者相同看法，設法要改善，但這很難，牽一髮動全身，所以西方民主之國只有一步步亂下去，苦的是不悟的人民，台灣將會是崩解最快的地方！

註釋

註一　陳福成，《找尋理想國：中國式民主政治研究要綱》（台北：文史哲出版社，二〇一一年二月）。

第二部 《七絃：食餘飲後集二》

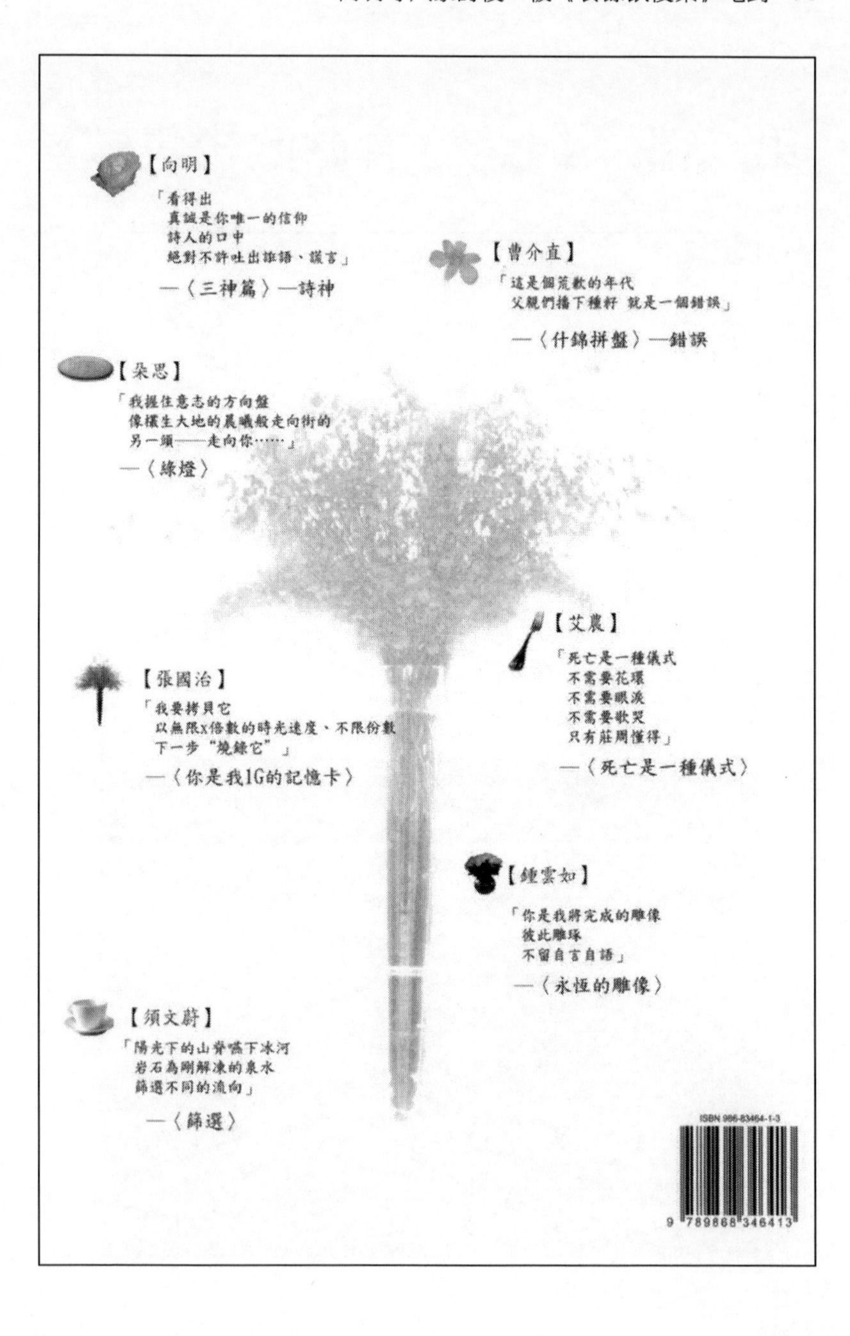
【向明】
「看得出
真誠是你唯一的信仰
詩人的口中
絕對不許吐出誑語、謊言」
—〈三神篇〉—詩神
【曹介直】
「這是個荒歉的年代
父親們播下種籽 就是一個錯誤」
—〈什錦拼盤〉—錯誤
【朵思】
「我握住意志的方向盤
像檬生大地的晨曦般走向街的
另一頭——走向你……」
—〈綠燈〉
【張國治】
「我要拷貝它
以無限x倍數的時光速度、不限份數
下一步"燒錄它"」
—〈你是我1G的記憶卡〉
【艾農】
「死亡是一種儀式
不需要花環
不需要眼淚
不需要歌哭
只有莊周懂得」
—〈死亡是一種儀式〉
【鍾雲如】
「你是我將完成的雕像
彼此雕琢
不留自言自語」
—〈永恆的雕像〉
【須文蔚】
「陽光下的山脊嚥下冰河
岩石為剛解凍的泉水
篩選不同的流向」
—〈篩選〉
ISBN 986-83464-1-3
9 789868 346413

第八章 讓人癢癢的向明詩

《七絃——食餘飲後集二》作品數量，比第一集多出一倍，等於第一集兩本厚度。可見「七絃」詩人開始發功，讓電力四射，惟成員小有變動，一信退出，須文蔚加入，此後成七絃定局。

在第二集裡，向明有二十二首詩，這位詩壇大學長說：「在我而言，一首詩即算不能觸到痛處，也要抓到癢處，讓人感覺不關痛癢就是失敗。」我賞讀他的詩，每一首都讓人心裡癢癢的，有些甚至毛毛的。隨機選讀數首，《輪迴》：

昏眩的另一面
是一道光滑的斜坡
一滑溜就到了
另一張嬰兒床

尿袋留在前身
維生氣管無關的空在抽動
然後，等待淨身改夾尿布時
有人急著為哭聲取名

才剛剛生，就面臨死，甚至生死在一起，給眾生腦袋一個巨大的捧喝，讓人心裡發毛啊！就像聽到師父誦念《長阿含經》：「世間無常，人命逝速，喘息之間，猶亦難保。」痛啊！一首小詩擊到眾生「痛處」，不知讀者看官們，讀到這首詩時，你要如何善用你的明天，就看看〈明天〉吧！

努力
種一棵願景的樹下去
不想
日已西沉
經過一夜黑暗的
苦纏

明天
還能開花麼？

西方有句諺語：「今晚上床脫下的拖鞋，不一定明早能穿上。」誰也不能保證一定可以看到明天或後天的太陽。當然，要有這種感覺或醒悟，通常有點年紀了！

這首詩除了體現無常觀，也暗示時間過得很快，才剛有願景就到了黃昏。我還記得讀國小一年級，國語課本第一課：「日曆日曆，掛在牆壁，一天撕去一頁，使我心裡著急！」其實兒童無感，要有感也是中年以後的事。賞讀〈相對論〉：

孫子長高了
兒子變胖了
我被路障絆倒了
老奶奶被年齡擄走了

看到一家數口潰不成軍
時間鬼鬼祟祟的

在一旁偷笑

衣袖不揮，也溜也

詩說出了世間一切眾生的共相，下一代的成長是上一代的老衰；下一代長大成家立業了，也該是上一代人取得西方極樂國簽證的時候，眾生均無例外，包含獅、虎、象等一切蟲魚鳥獸！

時間不偷笑，也不鬼祟，會的是黑白無常。向明的詩很善於用反諷，「一家數口潰不成軍」「老奶奶被年齡擄走」都是。如他在《青春的臉・妻的手》：「這一群／她心愛的／罪魁禍首」。神妙啊！另一首〈蓮座〉：

萬花爭寵

嬌柔都似淑女名媛

唯有妳

行烏泥濁水中

挺拔而出，以清純

驚豔

怪不得
我佛要端坐其上了
只因為
妳像佛掌
也托送法喜因緣

蓮花，是佛教的象徵花。按佛經上說，一手做說法印，結跏趺坐在蓮花臺上，此乃佛陀成佛後，向信徒講經說法的姿態。

蓮之藕，象徵慧根，能達觀真理，照見一切，生出善法之能力，成就一切功德。佛教期許修行人要如蓮之「出汙泥而不染」，才能修道有成，進入佛國淨土。

賞讀一首政治味濃的詩，〈風雨中的旗〉：

風雨中
激情後獨自剩下的那面旗
那被鼓舞張揚過的身段

像隻傷痕滿身鬥敗的公雞
在默默領受淒冷和荒涼

風雨中
被狂熱高舉招展過的旗
仍然一身高傲的佇立
像進退失據的落難英雄
回望俱往矣的堅持和信心

風雨中
獻身理想勇往直前過的旗
再也不能張牙舞爪了
常常靜下心來尋思
追逐不到的彩虹要由誰來遞補

這風雨中的旗是什麼旗？是民進黨、國民黨、親民黨或任何一個突然出現的某黨旗，甚至是中華民國國旗，都曾經輝煌過，又成一隻鬥敗的公雞。

每個旗都代表一個理想，從未將理想實現過，那旗便倒下。有個五星紅旗立志要實現「中國夢」，我看到這個夢已一步步實現，且步步到位，這支旗是二十一世紀中國人的旗，可以二百年不倒。

天下沒有不倒的旗，夏商周秦漢三國兩晉南北朝，隋唐五代宋元明清，一個個倒了，中國不會倒，只是換個黨（朝代）做。賞讀〈詩的掌燈人——送曉村兄〉：

突然間，一直在突襲的那陣風
終於得逞
吹熄你那一盞小燈

很顯然，毀滅未能
你的生命雖墜漆黑
詩的前路仍然不損亮麗
原來你一直用那星星之火
添燃詩的
永恆光明

好走！兄弟
詩的掌燈人
一盞之後還有無數盞小燈

附記：詩路同夥，台灣《葡萄園》詩社創社元老，河南偃師詩人文曉村於二〇〇七年十二月二十五日，因心賢等多重器官衰竭過世，享壽八十整歲。文氏的代表作〈一盞小燈〉，早歲即表明他對詩追求的無怨無悔堅貞。

文老駐世時，《葡萄園》詩刊每期的封面，都有「健康・明朗・中國」六字，可謂旗幟鮮明，一支中國大旗在島上高高舉起。但他走了不久，詩刊照發，但這六個字沒了，想來他的徒子徒孫也開始搞「去中國化」了，趕流行吧！天下沒有不倒的旗。

〈一盞小燈〉之後，其實「詩的掌燈人」越來越少，很多詩社關門了。而且詩壇也被顏色撕裂，「立場正確」可以拿到大把銀子，真是台灣詩壇的悲哀。〈三神篇〉有〈詩神〉、〈戰神〉、〈海神〉組詩，僅選讀〈詩神〉：

看得出
真誠是你唯一的信仰

詩人的口中
絕對不許吐出誑語、謊言

你的境界至高無上
不在香煙燎繞的神龕
不在罕無人迹的深山
不在萬仞宮牆
不在菩提樹下
不在阿拉聲聲的召喚
不在耶路撒冷的哭牆
唯在
每個侍奉你的心中
有一座自然的宮殿

祇要一聲：
「拿紙筆侍候！」
你的神情便會翩然
一首詩便於焉紙上誕生

這是向明的「詩創作方法論」，詩不應該誑語、謊言，當然是。但「黃河之水天上來」「白髮三千丈」，是誑語還是謊言，都是欺騙！

所以這是寫詩的難處，想像力太過或跳躍太寬，都可能成誑語，而「真誠的誑語」很難產出。光是「自然」二字就難以把握，「聽任自然」不對，「追求自然」難得，只剩真心，真心就好！

正是古人說：「詩是心聲，不可違心而出，亦不能違心而出。」真心才能感動人，如《詩經》、《楚辭》、《出師表》、《陳情表》、《瀧崗阡表》皆肺腑啊！感動人！感動天地神鬼！

現代詩至今約百年史，以量而言，出現過寫詩的人數百萬，詩作總量幾千萬首，有多少可以感動天人神的，我相信是有的。余光中的〈鄉愁〉，不就感動兩岸中國人，能否流傳千年，不得而知。

我不能說向明詩可以感動天地人神鬼，說了鐵定被罵。但他的詩確實都觸到痛處，也抓到癢處，很能引人反思和共鳴。

第九章　曹介直詩心是中華民族魂

曹學長寫詩，講究質上要真善美，語言要諧和自然，文字要洗鍊活潑，結構要緊密完整，儼然又發揮了革命精神，律己從嚴。

要如何真善美？我一介武夫不是很懂。但看他的詩，詩心內涵著中華民族魂。這第二集裡，他有十二首詩，選數首欣賞，〈碧血丹心鑄國魂——悼屈原〉：

每當蒲粽飄香
龍舟競渡
我總能聽見二千多年前
汨羅江畔的一聲水響
屈原啊
我多麼希望有一支
昌黎之筆為你寫一篇

「屈原！」

誰說：國家不幸詩家幸

屈原啊
就是因為你的不幸
我們乃有了離騷
我們的詩歌乃再度發亮
遂使中國成為一個
詩的國度

所以我說
　詩家不幸國家幸
　碧血丹心鑄國魂

《中華副刊》，二〇〇五年六月十一日

註：元遺山詩：「國家不幸詩家幸，吟到滄桑句便工。」

所謂「窮而後工」「國家不幸詩家幸」，是古今中外文壇詩界的一種「理論」或「現象」，一種弔詭的說法，在我們中國更鮮明。例如，屈原碰到昏君，李後主到了亡國，才激發他們創作出偉大的作品。

西方亦是，但丁（Dante Alighieri, 1265~1321）被祖國流放至死，才有《神曲》。再如安徒生（Hans Christian Andersen, 1805~1875），雖未被國家迫害，但生長在悲慘的環境，一生孤獨，才有《醜小鴨》、《賣火柴的小女孩》、《小美人魚》等不朽作品。另一首〈秋意〉也是類似「窮後工」的發揮：

籬畔的小黃花在風中搖擺
用不著出聲邀請
我一腳便跨入了晉朝

遠遠就看到淵明老先生正乞食回來
靠著那棵孤松在盤桓
呵　不是盤桓是盤算
盤算下一頓該怎麼著……

這境況怪悽涼的
遂令我發生奇想
如果朝廷的俸祿能憂厚些
每月給米兩擔而非五斗
在換酒有餘又可
杜塞幼口啼飢的情況下
也許老先生的腰就折了

這一折
他老先生的問題是沒有了
而問題卻落向另一邊
首先是我們沒有「歸去來辭」可賞
坡翁也沒有陶詩可和
跟著一大夥一大夥
什麼田園派呀隱逸派呀
也一定比現在消瘦許多

由此可以證實
一個衰敗的政府　也有其邊際效用
它可以迫使文人都
窮
而後工……

幾點雨把我從晉朝驚醒
進屋後妻說
剛才新聞播報
軍公教明年又不調薪

《乾坤詩刊》四十四期，
二〇〇七年八月二十六日夜

有些反諷意味，朝廷若給陶翁加薪，甚至讓他享受富貴，便寫不出好作品，更無經典可傳世，是如此嗎？我也弄個假設，給那「竹林七賢」高官做，不知他們還寫不寫詩？乃至還賢不賢？

錢多真會使人墮落嗎？老一輩軍人應該知道，一九四九年到台灣，蔣公為維持部隊士氣戰力，採「窮兵富將」政策，兵薪水極低，就是怕士兵日子過太好會墮落不打仗，反攻大陸就無望了。

詩窮而後工，國家不幸詩人幸，我以為只是一種「現象」，談不上「理論」。因為很多沒有受到迫害的詩人作家，也有經典傳世。再者，在中國文化文學藝術的傳統中，作品好壞和「人品」有關，人品佳，其作品稍差，還是有很多讀者，足以傳世；反之人品不好，作品好，無人讀就不能傳頌，史例很多。例如，大奸臣秦檜、大漢奸汪精衛，他們作詩的功力可能不亞於余光中，但誰聽過有人傳頌他們作品嗎？

台灣有個詩人也小有名氣，本來也很「正常」。但他覺得頭上少一頂烏紗帽，為向台獨表態以取官位，乃將蔣公銅像大割八塊，轟動一時，取得了「偽高雄文化局長」烏紗帽。請問，誰再去讀他的詩，我說誰？台灣文壇上大家都知道！

〈秋意〉最末提到明年不調薪，似乎暗示「窮而後工」。日子過得太好，詩不幸！〈三馬記〉是三匹馬的組詩，選兩匹欣賞，第一匹〈天馬—觀神七升空有感〉：

平地一聲雷——
破空而去的雖只三四天馬
但跟著起飛的卻是
整個民族

是的　我們遲了
遲了整整四十三年
但更早更早
我們即泥陷於戰事
（首先是被外力蠶食鯨吞
繼之是瘋狂的內戰
終之是在幾乎風平浪靜中
隻手掀起了十年大亂）
受難者已恨入地無門
誰還想到航天

終於有人大聲喊出：

「不管白貓黑貓
會抓老鼠的就是好貓」
真理就是如此簡單
如此簡單　便有天馬三匹
破空而去

四十三年　對於個人
幾乎是他的一生
但對於一個五千年的民族
卻不過是目光一瞬
更何況老聖人早就說過：
「及其知之一也」
「及其成功一世」

註：報載：乘神州七號上升的三位太空人，生肖均屬馬。又：最後兩行的行文，見《中庸》第二十章。

從神七升空之後至今，月球取土、天問登陸火星、建立中國的國際空間站、從根本解決香港問題、全球最大望遠鏡（在貴州）、航母大軍、美帝在阿富汗慘敗、伊朗入上合、孟晚舟回到祖國。「沒有強大的祖國和黨，就沒有孟晚舟的自由勝利」……每一件都感動著所有的中國人，包含筆者、曹學長！

然而，現在中國人的勝利和感動，是我們經過百年外患和內戰，「摸索、啟蒙、漸頓」才找出一條正確的路，「中國式社會主義」。西方民主政治已經搞垮了「民主、人權國」，當然就不能用於中國，未來引領中國的仍是「中國式社會主義」。賞讀另一匹很悲情的馬，我寫本文時，這匹馬已沉淪於半死狀態，〈泥馬〉：

渡江的水漬未乾
再拌之以血汗
方方整整的打造成
建設基礎的
一口磚

磚疊著磚　磚連著磚

千萬口磚凝成一體
將一座搖搖晃晃岌岌可危的島
終於
高高的舉起

高舉的島　刺痛了敵人的眼睛
也引發貪鄙者的禍心
如是　激敵自逞　鎖國自困
如是　由見縫插針到
搖旗擂鼓　公然的
撕裂族群

如是凝結的基礎由此崩損
高舉的島又復向下沉淪
基礎的磚仍在海底沉浸
再也不能還原為
泥馬　只空自憤慨
白費了一生

註：《南渡錢》：「宋徽宗第九子康王構，質於金，間道奔竄，倦息崔府君廟，有馬在側，王躍馬南馳，一日行七百里，河既渡而馬不見，下視之，泥馬也。」此即傳說之「泥馬渡江」故事。康王構，即宋室南渡後第一任皇帝高宗。

詩在說什麼？泥馬何所指？有腦袋的一眼看出,便心知肚明,我就不去解釋，只說詩人的比喻高明啊！也體現詩人憂國之情如屈原！

我一回，我遇到一群自稱是「統派」，是堅定的中國人，請我發表十分鐘演講。我問眾人：「如果中華民國永久在台灣，大陸不要，請問你們還叫統派嗎？你們還是中國人嗎？」眾皆無言……

我向大家解釋「台獨」和「獨台」沒什麼不同，都是中華民族的罪人，選了此二者你就不是中國人，你是「非中國人」，你成了「異族」。異族要分裂中國領土（台灣），正合武統時機，一舉滅了異族，因此剩下「寧共不獨」一條路。

欣賞〈感時傷事二帖〉：

一、據說

據說 真理有其一定的硬度
即令是時間的錘擊也無法損傷
──「竊國者諸侯 竊鉤者誅」
這句在兩千多年前莊子所說的話
就像是晨間所聽到的
新聞評論

但莊子想不到的是
現在的「竊」者，卻都會玩弄魔術
你明知是假 卻拿不著證據
他們「假」民主之手不著痕跡的
將時間無法損傷的
句眼中的「竊」字刪除
遂更堂而皇之肆無忌憚的
上台演出

二〇〇六年五月二十三日修定

二、母語

母語　多麼親切的名詞
因為所有動物都有一個母親
甚至羽鱗蟲介也是
雖然他們生的是蛋
產的是卵

很自然的
都能聽懂母親的話
原本就會　不會的
乃非我族類
只是有點令人困惑
母語的母親在漳泉
苦學母語的孩子們
在「去中國化」之後　豈不都要變成瘖瘂

二〇〇七年五月三十一日於新店

對於「台獨偽政權」之竊國，搞「去中國化」，詩人是多麼憂心，忍不住著詩批判之。在〈母語〉一詩，詩人提到蛋生卵生等各類物種，都有一個母親，且和母親就有「天生的語言」可以溝通，這種「天性」到底是什麼？定有個解釋！

讓我想到《金剛經》〈大乘正宗分第三〉有段經文：「佛告須菩提：諸菩薩摩訶薩，應如是降伏其心；所有一切眾生之類，若卵生、若胎生、若濕生、若化生；若有色、若無色；若有想、若無想、若非有想非無想，我皆令入無餘涅槃而滅度之。」（註一）

經文的意思，佛陀告訴須菩提：諸位大菩薩，應當如此降伏妄心；對一切眾生，不同生命形態的卵生、胎生、濕生、化生；有色身，無色身；有心思想念的、無心思想念的、不是有想、不是無想的眾生，都要救度他們，使他們全都了斷一切苦報、煩惱，度過生死苦海，到達不生不死的境地。

我就覺得佛陀太偉大了，不光度人，連卵生（卵和蛋應是一樣，在內為卵，生出為蛋）胎生等也要度。但人類中有的很邪惡，可能比度卵生的更難，如台獨偽政權蔡妖女以下，非妖即魔，要如何度！中華民族是我們共同的母親，這些台獨妖魔也等於在「去母親化」。佛陀啊！想想辦法，要如何救這些妖魔？我們當詩人的，只有寫詩批判，其他一點辦法也沒有！

註釋

註一　經文詳見：星雲大師，《成就的祕訣：金剛經》（台北：有鹿文化事業有限公司，二〇一一年二月二十一日，初版三十五刷），附錄二。經文解釋按星雲大師所解。

第十章 朵思詩感性的同體悲情

《食餘飲後集》第二集，朵思有二十一首，不少是她週遊列國的作品。等紅綠黃燈是現代都會人天天碰到的事，等的時候你都在思索什麼？這種題材好像也冷門，想不出哪位詩人寫過。我好奇，想探索詩人的心思。賞讀第一首〈紅燈〉：

你站在那裡在街的另一頭在冥想世界的另一次單元
以眼睛掃瞄街景的喧鬧以思維觀測號誌的心情走向

蒸發的既定結局
依靠在車輛引擎的顫動和心跳的頻率
默數失蹤的速度
如何在地球物理學理下在神祇護佑中虔誠啓動

彷彿岩漿從心瓣脈沖刷下山坡下馬路那頭站立的你
回旋式推衍了許多可能與不可能
等待——未必冗長得足以活絡成一齣時間謀殺案

我是冰山前面冷成的一點界質的雪
在綠燈亮起以前私下決定
該如何以切中主題的抒情方式橫過馬路走向你
——或者永遠忘記

人人都有的經驗，不論你是走路、開車、乘客或騎車，一定會碰到等紅燈。一分鐘如度三秋，你站在這頭，冥想那頭是另一個世界，人車都啟動衝鋒的姿態，這都是可以想像的。

但「冰山前」和「異質的雪」，意象不好解讀。是曾暗示詩人等紅燈時，很冷靜，不衝動，因為眼前危機重重，須以「抒情方式」過馬路，以策安全。看看詩人又如何過〈綠燈〉：

我將走過去了
以思考時間囤積腦海的字句欲突圍的方式
配合視界升起的安全符碼
憑借等待時豢養累積的精力
像墮入陷阱的動物般衝進十字路口
向街的另一頭標的不加思索的摺疊起自己的小心
翼翼

我開始流動的腳步
是所有液態流動的腳步中極為渺小的一撮
跟隨所有的疾速展開的自由意志
劃破靜止——輕鬆愉快跨越無形建構的封鎖線
黑夜轉身。白晝著陸

我握住意志的方向盤
像檯生大地的晨曦走向街的另一頭
——走向你……

紅燈危險，綠燈有時也很危險，走在綠燈道上還出事，是常有的新聞。因此，詩人特別「升起的安全符碼」，小心翼翼過綠燈，普遍大家能做到的自律。詩有時寫客觀風景，都會區的上下班尖鋒時間，綠燈人潮有如火線衝鋒。望之，有如墮入陷阱的動物衝出，走在其間，像是跟隨所有疾速在前進著。這是都會街景之一，等〈黃燈〉又如何？

膠著的腳步就停擺在猶疑著前進與退縮之間
讓我好好擬想前面即將鋪展開來的燦爛景緻
或與寂滅同值的鬱悶畸型

我將牽引無名的意識
面對尚未定數的諸多揣測
研商內心思維如何沿緣彎彎河道取彎截直
涉渡滾滾塵埃……

我將輕取黃色系列驕貴的成份

塗抹傾向秋天枯槁的心情
讓原野的色澤感染一下貴族氣息

是該鎮定抓住積極邁向跨越世紀的時辰
讓耳朵安靜下來傾聽黃燈走向綠燈
輕巧的腳步

紅綠危險，黃燈區出車禍也不少，還經常新聞報導搶黃燈的死亡車禍。原因在此刻大家猶疑著，在前進和退縮之間掙扎，有衝動者，事情就大條了，危險都來自「尚未定數的諸多揣測」。

自從二〇二一年美帝領導拜登上台，一直要和中俄兩國談判，建立三大國間「可預測」的行為，避免大戰發生。偏偏黃燈區行為不可測，危險性高於三大國可能發生的災難，所以要讓耳朵靜下來，輕慢腳步，以策安全。賞讀〈廣州一輯〉：

——樹

樹　站在原地
遙想天空

——親吻土地

口鼻臉頰
貼近泥土
聽到脈搏奔騰的旋律

——宣　告

右臂肱骨抓不住右肩膀
脫位的骨骼
和汗滴
同時宣告：世界正向落日的方向
摔下去

大約二十多年前，我第一次到祖國大陸北京，也和詩人「親吻土地」一樣的感覺。那時候我們都是中國人很正常，以中華民族的一員為榮，因為我們流著炎黃的血，首次親臨祖國當然是感動。

第三段〈宣告〉世界正向黃昏摔下去，似乎不是很正面，或者是「西方衰落」的暗示則合理，因為「東方升起、西方沈落」是五十年來的流行議題。賞讀一首大家都不願看到的〈人肉炸彈〉：

「我是一枚未被擲出就引爆的炸彈」

滿地都是鳥隻和其他動物的屍塊
她並沒有放棄自己
她並沒有同意黑紗袍裡被安置炸彈
她甚至不知道炸彈如何使奶油融化
另一個她也不會估算引爆的炸彈將從多少
人的身上流出血液
當阻隔二十分鐘引爆的兩具碎裂屍塊被
一一撿起
她們甚至不知道自己完成的
是項多麼偉大或恐怖的自殺任務

註：伊拉克首都巴格達於二〇〇八年二月一日，驚傳兩起以唐氏症智障婦女身綁炸彈，引爆爆炸案，造成九十九人死亡，一名為販售奶油者，另一名為販鳥店。

在戰爭或革命過程中，使用「人肉炸彈」，雖很不得已卻很有效。在對日抗戰、我國對抗德軍入侵，都曾用過，孫中山對滿清的革命也用，黃花崗烈士和人肉炸彈烈士，價值一樣，都讓人敬拜。

但「烈士」要合乎正義原則和名正言順，像這首詩的案例，不正義也未合正名，所以很不應該發生。但「九一一」事件中的烈士，合乎正義正名，他們是阿拉的自由戰士，賓拉登是伊斯蘭民族英雄，我為他著書立說，傳頌史冊。（註一）就像張國治在（紋身）一詩所述，軀體腐敗之前，徹底的美麗、輝煌一次（在第一集）。詩人、讀者看官，你打算以何種方式徹底的美麗輝煌一次？動作要快！你就快沒機會了！（你聽到，川震的呼聲）：

你聽到

宇宙斷裂的聲音

從胸膛開始向四肢延伸
水泥塊。鋼筋。桌椅。書本
教室的支撐，智慧的糧食

你聽到
同學的呼聲。自己的呼聲
親情的呼聲。天地的呼聲
桌椅鬆散的筋骨，建築物的殘軀
世界迅速陷入極度崩裂的黑暗疼痛中

有稀微的光從隙縫中伸進來
叫喚變形的窗失聯的路
五月的雨長出一聲嘆息

註明：保持呼吸，不可沉沉睡去
不可輕易放棄啊不可輕易放棄

根據科學家說法，地球內部若無岩漿，就不能產生磁場，地球沒有磁場的話，無法隔離太陽輻射，生物都無法生存。但有岩漿，會造成火山爆、地殼變動，引發地震、海嘯，給人類製造很多災難。

從古到今這種災難何其多，只能說這是大自然的相對論，有一利必有一弊。或是自然界的「無情說法」，若能聽懂也能獲益。

總的來看朵思這集的作品，除了他各處旅遊詩記，對於人間的苦難，很能感性的同體悲情。如〈人肉炸彈〉、〈你聽到，川震的呼聲〉，再如〈二〇〇八・秋颱行走島嶼〉：

洪流淹沒田園淹沒林莊淹沒希望
……
重複的山崩水流　重複的
讓時間在鐘錶上走失某些時刻
記憶停留在被預期滿月的虛擬圖像
而心底卻醞釀款款流過一些哀傷

人活世上，除了面對自己的生老病死，也得面對親友的生老病死，更得面臨客觀世界一切生住異滅，一切災難意外，一切人為（國家、偽政權）災難。人生啊！苦海無邊！回頭無路！

但《心經》說：「無老死，亦無老死盡……能除一切苦，真實不虛」；到底能除掉多少苦？就看個人的修行了！

註　釋

註一　陳福成，《第四波戰爭開山鼻祖賓拉登》（台北：文史哲出版社，二〇一一年七月）。

第十一章 艾農詩說人生的感傷

在《食餘飲後集》第二集，艾農有二十一首詩，大多很感傷。情傷、愛傷、友亡之傷，對生命和死亡的反思，可以啟蒙讀者，對人生更深刻的思索。

他說在詩藝之路上，設法在匠氣與匠心、靈氣和俗氣之間找到平衡，是目前努力的目標。選讀數首以貼近他的人生，傾聽他的感傷。〈保留〉：

請沉痛地為我滴幾滴眼淚
親愛的
我的生命裡留給你的那片空間
還在
我的不能獻給別人的愛
還在

保留成一張模糊的舊照也好
多麼希望你還記得那片空間裡的溫暖
多麼希望你還記得靈魂裡互相的佔有
屬於我們的佔有
像個飽經風霜的旅行箱
貼著每一片回憶的唇吻
怎麼也不想離開

是的
怎麼也不想離開
像五彩的魚群留在了海洋
像愛飄泊的雲留在了天空
像呼喚留在了森林

是的
這一切都成為記憶的化石
生命的化石

據說，愛與恨是一體兩面，所以很多人愛得死去活來，愛得去跳太平洋。真的是愛恨一體嗎？古今中外科學家們也從未證實過。

同樣是性行為，一樣的相互佔有，為什麼動物「交配」後不會難分難捨？分手亦無傷；反之，人類兩性「做愛」後就難分難捨，不得已分手更是傷入心肝。對了，因為兩人做的是「愛」，即是愛，怎能說分手就分手？曾經有的愛都成了「化石」，傷啊！找一本字典再查查愛的定義，〈愛〉：

愛有多短呢
在勃起的時候就結束了
愛有多長呢
直到連嘆息也不必的時候
直到連呼吸也不必的時候

嘆息永遠是愛的主旋律
沉重卻又鏗鏘
自憐而且自戀
自戀是不可否認的
愛的前奏

這裡詩說了愛的長、短、寬、高，只欠用一個明確的方程式表達，想來可能永遠也沒有精確的定義。因為愛是一隻隱形幽靈，其短可只一瞬，其長可糾纏你一生，直到不必呼吸的時候。

但不可否認，愛也是世間最強大的動力之一。偉大的作品、偉大的事業、偉大的感動，往往緣於愛；惟偉大難有，變奏很多，〈愛情的變奏之一〉：

相知太遠
怨懟太近
相惜太虛偽
我們的愛情無法對焦

別問我愛是什麼
這不是眼前急迫的問題
在工作之餘
僅剩的夾縫裡
我們只能苟且地愛著

別的都暫且擱置
別問我柏拉圖和愛的玄學
我們探訪彼此的身體
甚過於彼此的靈魂
在忠誠與背叛之間
只有需要與被需要
只有渴望與被渴望

偉大的愛情，只有「偉人」才能創造和擁有，故古今稀有；而平凡的你我，想要擁有恆久而圓滿的愛情，在現實世界裡，不瞞大家說，根本也是不存在的。剩下能夠擁有的，「只能苟且地愛著」，不完全忠誠，也不完全背叛，需要與被需要就夠了，愛情沒有變奏，「結婚是愛情的墳墓」，這是婚姻的真相吧！欣賞一下〈遇見商禽〉：

那是多少年前的事了
在一個靈魂孤獨無依的年代

一場小小的聚會
遇見商禽
遇見了那位輾過自己靈魂的司機
我還不懂得怎麼輾過自己的靈魂
雖然那時
我知道自己已經有了靈魂
從倉皇年代走過來的詩人
正遇見荷爾蒙開始蠢動我
坐在一群面目模糊的人當中
還不懂得尊敬與仰望
多麼倉皇的年代啊

轉眼之間
商禽病了
哪個詩人沒病呢

倒霉的人生
受傷的靈魂
社會不需要詩人
猶如詩人不需要社會
而孤獨地活著

我決定以超現實主義的角度
仰望面前的商禽
舒緩而從容的商禽
欠我們幾碗牛肉麵的商禽
欠我們幾首詩的商禽

國家民族的不幸，製造無數國人的災難，但也因那個時代的國人迷失與墮落，給國家民族帶來險些亡國亡族亡種亡家的大災難。遠的不說，光是一九四九年後，在這南蠻小島上，多少孤獨無依的靈魂，孤獨的活著，還被台獨偽政權蔡妖女們，說成米蟲，這是什麼鬼年代、鬼地方、魔鬼島！漢奸島！

不讀還好，讀了叫人生氣，我非得把我的「電力」輸送給社會、給歷史。雖然詩人說了，社會不需要詩人，詩人也不需要社會，但現成社會欠詩人一頓罵，詩人不拿槍，只有一支筆可以罵，要痛快的罵。

詩人的天職就是用筆罵人、罵天下。杜甫罵得多痛快，「朱門酒肉臭，路有凍死骨」，詩人啊！在罵的過程中探索〈生命的意義〉：

許多人並不為這樣的事發愁
照樣無恥地活著
用群眾滿意的思想思想著
無非是金錢與遊戲
死了幾個人算什麼
死了幾支股價才讓人心碎

啊請給我
一個活下去的乾淨的理由
不只為了錢和錢
和錢

詩是在說現代社會許多人，無恥的活著，那他們「生命的意義」就是無意義，撈更多的錢，錢力通向權力，謀取大權才是生命的意義。

詩寫的也是這座小島眾生的普遍現象，不是只有政客和黑心商人。難怪這座島一直在下沈，科學家說本世紀末前，全部都沈入海底，那時所有問題都沒了。本世紀末還有幾十年，那時我們早已告別，〈跟生命告別—記亡友〉：

當你決定跟生命告別的時候
我們看見你那童稚的最初
靈魂的最初
是的
我們每個人的最初

最後的痛苦
來自痛苦的最初
等待掙扎哭號
生長病痛死亡
你的最後與我們的最初

成為有趣的相對論
告別不只有眼淚和哀傷

告別不只有眼淚和哀傷
還有徹底的覺悟
與不徹底的苟活
還有永恆的離開
與不永恆的存在
還有

告別的不只是眼淚和哀傷

詩人透過一個亡友的告別，思索嚴肅的生死問題，警示告別的不是只有眼淚和哀傷，還有很多想不到的、寫不出的。俗話說「千古艱難唯一死」，因為死了便一切皆無，什麼也帶不走。

但對於有點修為的人，對生死就比較能自然些。尤其在佛法上有些理解，了悟緣起緣滅的道理，面對死亡就不感恐懼和痛苦。例如，《坐禪三昧經》說：「生時所保惜，死時皆棄捐，常當念如是，一心觀莫亂。」

甚至是一種樂，《法句經》說：「應時得友樂，適時滿足樂，命終善業樂，正信成就樂。」這當然要很高的修行才做得到。賞讀〈讀史有感〉：

在這樣的時代
現實裡充滿了
不斷的懊惱和不懊惱
各自的相信和不相信
同樣地在
出賣靈魂和不出賣靈魂
但沒有人在乎
也沒有人不在乎
有一天終究要成為歷史

有一天終究要成為歷史
懊惱和不懊惱的
相信和不相信的
出不出賣靈魂都一樣

沒有人在乎
也沒有人不在乎

詩人不是在讀歷史，讀的是台灣社會的現狀。看那台獨偽政權蔡妖女，竟為數千孽緣的同性戀者，廢掉了婚姻法。多少人在乎！多少人不在乎！

為什麼我主張武統？台灣和台灣人的沈淪墮落已不可逆，只有武統可以救這個島，救呆丸郎！使島民不再出賣靈肉！詩人不感傷！

這是蔡英文偽政权的沈淪，一夫一妻、一男一女組家庭，違法！

一夫一妻違反性平法！哪門倫理！

台大機械系大學甄選入學第二階段筆試申論題，以《聖經》為引言，提到「家庭是由一男一女、一夫一妻組成，這是社會和家庭的律，……」，引發台大學生連署抗議，被教育部性別平等教育委員會裁罰三萬元。

或許社會上主張多元家庭成了另一種觀點，因為明顯與傳統「一夫一妻」背道而馳，只要不以權勢及溢於言表的批判，迫使對方接受與屈服，縱然是在課堂上或演講，以聖經或儒家四書等詮釋「一夫一妻」眞諦，也是合理的論述。

如果連以違反性別平等可以科罰，甚至要求當事人接受性別教育課程研習，毋乃矯枉過正與曲解性別平等的眞正精神。

我認為這樣嚴重處分，對台大校方與命題的教授是無妄之災，一定要提出申訴，否則後患深遠。

此例子一開，對學術自由是一大戕害，尤其人文科系的教師，闡述儒家佛道的經典師者，動輒得咎，情何以堪？

對一夫一妻的規範，是一大打擊，今後在課堂或命題、演講論及「一夫一妻」都有可能被告，這哪是維護性別平等？

林泉利（新北市／退休中學公民教師）人間福報 105.八.廿六.11收

第十二章 鍾雲如詩裡都是愛

《食餘飲後集二》裡，鍾雲如有二十首詩，可謂都是愛，未見有什麼煩惱。詩中有「愛」字是鮮明的愛，沒有愛字也體現了愛的意涵。先欣賞幾首愛的系列，〈愛的給予〉：

我的心和路旁一樣
什麼都有了
有荊棘
還有很多石頭
天主看得見
我的心
也有一塊好土壤
天主在那裡不斷撒種子

種子會成長
有一天可以綻放美麗的花
有一天可以長成一顆大樹

我碰到過別的天主徒朋友，心中也是充滿愛。但碰到基督徒只能以「可怕、恐怖」形容，為何？吾也不知為何？基督徒心中無國家民族、無父母祖宗、更無孔孟……滿嘴滿心全是亞伯拉罕如何！耶和華如何！他們不再是中國人，而是以色列人、猶太人。恐怖！我有個好友，他女兒信了基督教，回家把祖先牌拆了，壓著老母要去受洗，說才能「得救」，老母險些要去上吊……

據說，天主教同意中國人敬拜祖先的習俗，也願意「拿香跟著拜」，這我就放心了。欣賞〈愛的湧泉〉：

孤獨最愛擴大疆土
於是
我走遠
尋找永恆的施慰者
踏上旅途

你的足跡依稀可尋
你是自由
穿戴仁慈和感謝
並掌管愛之湧泉

「孤獨最愛擴大疆土」，好好的詩句，讓我想到「孤獨國主」周夢蝶、「獨孤劍俠」古龍和孤獨流浪者安徒生。前二者是台灣名人，只略說安徒生。

安徒生是丹麥人，從小生在赤貧又不幸的家庭，父親早逝，母親是精神病者，所以他很小就四處流浪，十四歲流浪到哥本哈根。他常沮喪說：「我總是孤獨、孤獨，不會有女孩看我一眼。」他一生沒有成家，但他不少作品成為世界名著，如《醜小鴨》等，他雖從未做過父親，但他成了全世界兒童的床邊故事爸爸。

這就是孤獨擴張了疆土，但孤獨要能擴大疆土，是心中充滿愛產生強大的感染力。欣賞一首〈愛和自由〉：

可以選擇的時候
就有自由
不能選擇的時候

還可以去愛
愛像空氣存在
白白給予
愛讓我們認出他的孿生姐姊
真善美

人生不能選擇的時候，通常就有些困境不能突破，或很多不得已、無奈等。此時心中總幾分怨氣，身上盡是負能量，而還能說去愛，這是不容易的。沒得選擇，也表示愛的勉強，甚至沒有愛的基礎，現在開始才要去愛，難啊！除了心中充滿真善美的人。有一首不談愛的，淡淡的感傷，〈參訪紀念館有感〉：

蝴蝶的斷翅
在銅像身旁自由飛
高牆冷卻時間

歷史書寫新頁

啊

誰在狂笑

誰戴著面具窺視

你的腳步鏗鏘響在台階

不久前的新聞（台灣媒體大多被收買或控制不報），美國南方大群憤怒的黑人和原住民，推倒傑佛遜、華盛頓等開國「英雄」銅像。原因是他們的「黑歷史」被挖出來了，傑佛遜、華盛頓竟然也曾大量買賣黑人，甚至屠殺黑人和原住民，天啊！美國歷史教科書讚頌「殺人英雄」！

回頭看看我們自己，蔣公銅像、中正紀念堂、國旗，如何的被羞辱！這是什麼世代？是非何在？真假何在？正邪何辯？不然下一代將如何？〈無歌也無夢〉：

此刻

連續劇已經不夠看了

現實劇煽情兼懸疑外加暴力

滲透生活又顛覆夢境
我們不是候鳥
這是祖先腳踩的土地
我們深呼吸
正義真理才不致窒息
在歌聲暫歇夢境無門的此刻
為所有悸動的心靈祈禱
我們彼此代禱
為了我們的下一代

這首詩不談愛，但也涵富愛的元素，企圖給「已經死亡的正義真理」一點空氣，為一個沒有希望的地方祈禱。就像德蕾莎修女，給那些沒有希望的人一點暖意。

台灣下一代有希望嗎？我是徹底不抱希望的，除非統一了，清除掉一些台獨毒素，否則何來希望！祈禱寫寫詩可以，實際亦無作用。保持自己內心的清淨，也只有這個作用了！

無論詩人怎麼吶喊？何曾改變歷史？何時改變一個社會？或何曾感動過一個

政客？使一個政策轉彎？或許如前面艾農在〈遇見商禽〉詩說：「社會不需要詩人／猶如詩人不需要社會」。那我們就寫詩打發老年時間，至少詩人間可相互取暖，最後這段路才不至太冷清！

還有，心中有愛也是一個正能量，除了美化自己人生，也讓四週文友詩朋感受暖意，即獨樂又眾樂，何樂而不為呢！

第十三章　張國治寫父母恩重難報詩

《食餘飲後集二》裡，張國治有二十首詩，其中有六首寫的是親情，懷念父母的情與恩，而且有很大的比重。金門是戰地，張國治成長的年代，正受到準戰火的洗禮。因此，這章選讀幾首他的親情詩記。欣賞〈初冬一日為母親放相〉：

一

從空無一物，白亮亮平面壓紋
從黑暗潛影過來的
是時間的奸細？
在這暗無天光，空洞的暗室
我需要一些常溫20度
慰撫慌張情緒

暖調纖維紙基間隙中
逐漸浮現，顯影的是你初冬一日
綻放的微笑，那微笑
勝於羅浮宮的陳列，無價而永恆
可我無法想像你此刻的枯瘦凋萎
如何浸入銀塩粒子感光
我需要急制對你的思念
定影你即將流逝的殘像

二

我得好好端詳這11×14吋的畫像
如何從豐腴轉為清瘦
如何從燦然和煦的微笑
轉為肅穆？
風刺刺的吹
這是你喜歡的冬衣

你喜歡佩戴的耳環
這是跨越戰火命運溝渠，險峻的皺紋
難以跨越節氣酷寒的鴻溝
這是你咬嚙砲火齒痕
浸蝕過貧苦胃酸
吸吮思念膽汁的唇痕
這是你充滿無酸耐蝕
補了又補的金牙
這是歲月的斑點、頑固、躁動
這是生命日趨枯竭之前的
豐潤、白嫩、美麗
我終於把記憶壓縮在11×14英吋厚薄
既光滑又適中的眠床
永恆寂靜紀念你

詩人透過母親放相，回顧母親生前種種，媽媽喜歡的冬衣、耳環，補過的金牙。最後將對母親所有的記憶，縮在一張相片，就像舒適的眠床（床的閩南語發音），做為永恆的留念。

我想到我岳母，年近九十失智了。她每天自言自語念著「媽媽呢！媽媽呢！」孩子們說：「她去天國了！」岳母又說：「找媽媽！找媽媽！」感傷啊！或許人在有生之年，不論年紀多大，都還牽念著生養的父母。除了極少數逆子、不孝子孫例外！

身為佛教徒，我多次參加佛光山的活動。如果是七月，常在早課或晚課時，碰到誦念《佛說父母恩重難報經》。之所以在農曆七月，源於佛教「目蓮救母」故事，民間俗稱「鬼月」，佛教稱「教孝月」，勉勵眾生都要孝順父母。

在這部經中，佛把母親懷胎十月過程，說得和現代醫學一樣準確：第一月中，如草上珠，朝不何暮；二月中，恰如凝酥；三月中，猶如凝血；四月中，稍作人形；五月中，兒在母腹，生有五胞（頭、兩肘兩膝）；六月中，六精（眼耳鼻口舌意）；七月中，生成骨節；八月中，出生意智以及九竅；九月中，吸收食物，準備出生；十月中，孩兒全體一一完成，方乃降生。

是故，人的出生是「母難日」，佛陀也說了母親生子時常有意外，讓母親受苦，如千刀攪，又彷佛似萬刃攢也。身為兒女的人，怎能不懷念父母？〈涼意〉：

父親的胸肺
沉積太多鬱鬱寡歡的往事
浸潤滿滿積水的悲傷
現在他沉默
他的往事、記憶
全被纖維化了

每一根香煙引信燃燒，擴散在
他原本雄而有力勞動的肺脯
他年少英氣吸納的氣管再也
無能幽幽吐一口長氣
細胞壓到他喉嚨、聲帶
對人事他已有口說不出了
甚至連寫帳冊的手都顫顫抖動不已
他無奈力圖比手勢
算命的說他可以活到92歲
頷首點頭，我瞭解他的意思

我無能替代他的病苦
但他留給我喉間永遠吞吐
說不出口的情節

父親的肺癌，壞死的細胞
就是一個家族的縮影
鬱積家庭不快樂的一生
他一個人承受母親狂想妄想被迫害
沉埋瞬爆的躁鬱
他其實早就長了一個治癒不好的腫瘤
現在他苦痛的神態存在我腦中
清晰甚於數位八百萬像素

像這初冬乍然四起的涼意
我想起了長埋故鄉的他
我的胸肺之間刮起了風
開始肆掠呼嘯

鼻樑眼眸之間
淚意轟然隨即而至

人不能選擇出生，當然就不能選擇父母，這一切都在自己的業海因緣中，生生世世就註定了。你所能選擇的，只有等長大有能力，才能決定自己的方向去留等。

詩人把父親一生承擔的家族苦難，以及一輩子諸種病痛，寫得攢心刺骨，難怪寫到最後，眼淚轟然而至。**「父親的肺癌，壞死的細胞／就是一個家族的縮影／鬱積家庭不快樂的一生／他一個人承受母親狂想妄想的迫害……」**。身為兒女的，無力替代父母病苦，只能痛在心裡，永恆的懷念是永恆的痛。另一首〈殘局〉：

在人間
你祇剩這三坪不到的軀體空間
四乘五尺不到的記憶靈魂床塌
你日漸萎縮的軀體如同冬日葉落瘦癯軀幹
喃喃囈語歲月久遠的故事
翻轉意識不清的夢

沉積於腸胃糾纏的家族記憶
意識神經迷走

自從父親走後，這殘酷的人世
日漸削減你的容顏
要情的歲月
讓你不再作夢
不再戀棧
只剩一具空白

我的母親啊！你如此殘酷
讓我一觀生命的衰頹
肉身日漸毀滅的過程
如此殘酷如此寫實
母親，面對你的容顏
就像整個即將逝去的島上共同命運，記憶
每一回的凝視

都深深觸動島上的華采和美德
掀開一次歷史的命題

詩人把上代父母所面臨的一切苦難，當最後面臨老病死的情境稱「殘局」。但我感覺到，詩人已「收拾殘局」，完成「重整舊山河」的人生大業。生命的消逝，等於給身邊親人一個重大棒喝，一個啟蒙的機會，讓認清生命的真相。父母逝去，是殘酷的啟蒙，你不得不接受的「現實教育」，佛教的《心地觀經》有言：

無常念念如餓虎，有為虛假難久停；
宿鳥平旦各分飛，命盡別離亦如是。

人生終究難免無常之苦，許多詩人也在探索生死，那是一條眾生必走的路。因此，在我們有生之年，要以無常來自我警惕，明白有為世間難長久，要及時行善修行修德修福，使有限人生提升生命的價值。賞讀〈聲音〉：

你的聲帶被癌細胞壓迫

所有要對世界說的話提前沉默

但我知道，病榻之前
你常為年少種菜、賣菜走官路邊趕市集
為路旁唧唧蟲鳴，遠遠近近鷓鴣聲叫醒
為凌晨東門市場昏黃油燈叫賣聲喚醒
為日軍吆喝脅迫種植鴉片聲喚醒
為年少製豆腐製麵機器戛戛聲音叫醒
為炮彈轟隆巨響叫醒
為單日夜宣傳彈逃躲，計量聲音遠近叫醒
你為母親噪鬱傷痛的病情叫醒
為母親病懨懨囈語嘆息叫醒
為自己午夜沉疴絕症
咳嗽哮喘不斷被叫醒
這個世界已不能讓你安眠
雖然你簡樸、節欲

無所要求
你簡單地面對世界

這一次，你睡著
這麼沉穩
沒人能喚醒你

看來詩人父親一輩子所承擔的苦，還不是普通的苦難，而是家族和時代苦難的融合。按他父親所生存的年代，部份跨在倭國竊佔台灣，不確定金門是否受到影響，詩中提到日軍脅迫種鴉片，難到金門也被殖民？

詩中有一種聲音，我也曾經歷過，就是「單打、雙不打」宣傳彈聲。這是民國六十四年我第一次輪駐金門，很長一段時間常聽到的聲音，中共的砲宣彈不會打在百姓住宅區，打在軍隊陣地附近空地，以不傷人為原則。

很多年後，我在思考這問題，打仗通常就要打死對方，哪有盡量不傷（死）人的？豈不有如小朋友騎馬打仗！原來是為突顯同胞愛。但我也懷疑是否老毛和老蔣私下講好，各自休戰，兩岸暫時分治！再一首〈冬之詩〉：

鳥飛翔的方向，飛機飛翅後的
厚厚雲層為著悲傷的雨而蓄淚
氧氣是為了軀體的安息而存在
風景是為了素淨的空晝布而懸掛
我在冬夜遽然醒來，疾書寫就的詩句
是為了紀念在冬夜死亡，沉埋黑暗永夜
甦醒已走了好遠
漸漸失去的父親記憶

我想不光是詩人，任何人都應該永恆銘記父母先人的恩德，尤其身為中國人，慎終追遠是我們優良的文化傳統。我們不僅要報父母恩德，也要發揚文化。如何報父母恩德？佛陀在《父母恩重難報經》最後說：「欲得報恩，為於父母書寫此經，為於父母讀誦此經，為於父母懺悔罪愆，為於父母供養三寶，為於父母受持齋戒，為於父母布施修福。若能如是，則得名為孝順之子；不作此行，是地獄人。」

學佛修佛很難嗎？許多人聽到「佛經」就頭昏了，那許多經典還真的不知如何進入。其實凡事有難易不同途徑，進入佛法也是有很多法門。惠能大師在〈無相頌〉如是說：

心平何勞持戒，行直何用修禪；
恩則孝養父母，義則上下相憐。
讓則尊卑和睦，忍則眾惡無諠；
若能鑽木取火，淤泥定生紅蓮。

原來佛法就在日常生活中，從生活中自己就可以做很多「佛事」。雖說這個世界是五濁惡世，從古至今世界從未和平過，社會從未清淨過，壞人多如牛毛！不管世界多亂，我們內心可以不亂；不管社會多黑暗，我們內心可以清淨。只要自我期許做一朵清淨的蓮花就好了！

總的來看張國治「父母恩重難報詩」，我相信他的「涼意、殘局、聲音」，都已完成重新佈局，並以開創新局報父母深恩，他父母定已含笑於西方極樂國！

第十四章 須文蔚的詩當下是舍利

《食餘飲後集》第二集，一信退出，須文蔚加入，仍是「七絃」。書上沒記他的生平，但看他簡歷，得過很多獎，中文系教授，台灣文壇應該也是大咖。

須文蔚第一次現身，談一下他的詩觀。他說：「Leonard Cohen 說，詩只是生活的證據。若能盡情的燃燒生命，詩不過是層灰。這句話深得我心，就借來充當詩觀。」

曹介直在《食餘飲後集三》的序〈開卷漫談〉一文，對這句詩觀提議修改。曹曰：「這不僅偏向虛無，且有違事實，也不合文蔚爽朗的個性；若將最後一句改作『生命成灰，詩是灰中的舍利。』不知文蔚以為然否？」

筆者也表示一些看法。其實兩個都對，關鍵在時間，若把時間拉長到萬年以上，舍利也是灰，一萬年不成灰，兩萬年定成灰，舍利與灰無差別，在時間磨損下，一切最後都灰飛煙滅。這種時間看似很長，在地球演化史上，都還只算瞬間。或者，今之科學家警告「地球第六次大滅絕」已不可逆，即正加速來臨中，不會太久，大滅絕後也許人類也沒了，灰與舍利也無差別，都無意義了！真正有意義，灰和舍利有差別，是在「同一文明期內」的時間限制，例如李白的詩一千多年仍流傳著，證明他的詩是舍利，不是灰。預判數千年內，他的詩仍是舍利，因為仍在傳頌，但若萬年後或大滅絕後，也是灰，也是無意義。沒了人類，一切皆虛無，沒意義！

須文蔚在這集子裡有七首詩，一首很長的組詩有十六節，其實每一節都是獨立的一首詩。本文就選讀幾首，看到底是灰還是舍利。〈一首詩墜河而死〉：

一首詩墜河而死
文字緊緊抓住巨石
以流亡者深深的喟嘆
雕刻成一篇哀悼國族衰亡的碑文

石碑在河床上沈睡
江面相互追逐的鼓聲
龍舟伸出爪子掀起波濤
都拂不去湮滅文本的藻荇

今年端午
請帶一首以淚和同情寫就的詩
在水之湄輕聲朗誦
島嶼邊緣的浪潮將會溫柔地
迴旋到汨羅江心　解開
隱忍千年的哭聲

不隱忍和隱忍千年的哭聲，都同樣感動千百年來所有的中國人、中華子民、詩人提筆寫出無數作品，這些作品的魂魄總會迴旋到汨羅江心，感念「墜河而死的詩」，並喚醒中華民族之國魂。

屈原以其偉大的人格，感動了每一代的詩人，使詩人們也勇於抒發不平之情。司馬遷將此種情境推而廣之，認為抒哀怨之情，發幽憤之思，乃著書立說的普遍規律，他在《史記・太史公自序》中說：

七年，而太史公遭李陵之禍，幽於縲紲，乃嘆然而嘆曰：是余之罪也夫！是余之罪也夫！身毀不用矣！退而深惟曰：夫《詩》《書》隱約者，欲遂其志之思也。昔西伯拘羑里，演《周易》；孔子厄陳蔡，作《春秋》；屈原放逐，著《離騷》；左丘失明，厥有《國語》；孫子臏腳，而論兵法；不韋遷蜀，世傳《呂覽》；韓非囚秦，《說難》《孤憤》；《詩三百篇》，大抵聖賢發憤之所為作也。此人皆意有所鬱結，不得通其道也，故述往事，思來者。

今台灣地區之詩人們，數十年來生活在安逸的小島上，基本吃穿不愁，大多能成家立業，未受過很大的迫害，欠哀怨少幽憤，故傳世經典難以產出。但隨著台灣政局的妖魔化，大搞「去中國化」，小島成為一種非法地方割據政權狀態，詩人哀怨幽憤日日多。每年端午，總會有不少詩作「哀悼國族衰亡」，或可喚醒我中華民族之國魂，畢竟我們體內流著中國人的血緣基因，這是去不掉、洗不掉的。賞讀〈陪父親看失空斬〉：

陪父親看失空斬
在馬謖立下絕命的軍狀
昂首走進史冊前，來不及惋惜
我已屈從於昨日加班的勞累

睡倒在沙發上

夢中猶是光棍的父親羽扇綸巾
站在滿天烽火的城樓上，身後
是和他一起潰敗渡海來台的兄弟，面前
是如雹暴般落在平野的刀光
鑼鼓點，一聲聲把恐懼折疊在石藍色鶴
氅中
笑談間，以一張琴洗滌眾人耳中亡靈的
哀嚎
父親把滴著血的劇本一把給擰乾
拋給戰後出世的我
我撿起腳本，跑著龍套
望著退卻敵兵的父親揮去滿臉的驚險
急忙調兵遣將
張羅柴米油塩

與海島上不共戴天的偏見搏殺
廢棄一座空城
建築新的城鄉

我拋開腳本，跑著龍套
貪婪地撿拾戰利品，全副武裝後
成為蜀軍的逃兵。在風中依稀聽見
久未票戲的父親唱道：
「閑無事在敵樓我亮一亮琴音，
哈哈哈……！
我面前缺少個知音的人。」
過門中加小鑼一擊
司馬懿還來不及唱西皮原板
我讓父親的寂寞給敲醒

失街亭、空城計、斬馬謖，三國演義故事，是千百年來，每一代中國人最喜歡的戲碼。說書、平劇、歌仔戲、電視劇、電影……永遠有的看，百看不厭，這故事想必可以再流傳很久，直到人類文明結束。

詩人很有創意，以穿透時空的手法，與一九四九年後的台灣政局相連結。他傳承父親的使命，也「跑著龍套」，這一語拆穿了「反攻大陸」的真相，筆者也是承接上一代未完的反攻大業，一輩子當一個職業軍人。但當我退伍後，人過中年，把很多歷史問題再「挖出來」，重新檢視、深入反思，竟發現一個「天大的祕密」！

世人全都上當了！不是只有詩人在跑龍套。還有蔣公的反攻大陸也不過跑跑龍套，孔明五次北伐也是跑龍套。因為在那當下，不跑不行，不跑死得更快，要給自己、別人和歷史一個交代而已！

〈在子虛山前哭泣〉是很長的組詩，共有十六節。其實每節都是獨立的一首詩。以下隨機選讀幾節，第一首〈病〉：

你的愛是
雙醣、高蛋白、高鐵加鈣又多鈉的食物
每天哽在食道，終於
惡化成胃潰瘍加高血壓加糖尿病

你又用三種抗生素
輪流灌進化膿的胃壁，企圖
修補我殘缺的笑臉

可是每天我仍必須食用
雙醣、高蛋白、高鐵加鈣又多鈉的食物
答應著你充滿愛意的詢問

不久前一則新聞，一個安麗直銷員，業績做到「金鑽」級，他專推銷公司各種營養品。能做到「金鑽」級，每月至少五十萬利潤，已是直銷界的天王。他的辦法就是「以身作則」，每天自己至少吃二十種安麗營養食品。結果才五十歲就得癌過逝，在直銷界引起轟動，不久大家又忘了，每天照吃一大堆營養品，壯大那些營養食品公司和各級商人。

這首詩告訴大家，「病」就是吃各種營養品得來的。這其實是現代無解的文明病。因為從科學研究人員、藥廠、商人、醫院、醫生，這一掛是「利益共同體」，沒有千百萬人來天天吃一堆藥，醫生等人如何每月幾十萬高薪可領！藥廠如何維持？另一首〈土石流〉：

河岸旁新種植了十二排別墅
別墅後面的丘陵被高爾夫球場
鎮壓出十八個洞的草原
平野左上方的山坡地有農人
開採出成千上萬棵的檳榔樹
檳榔樹林間懸掛著一條白銀項鍊般的公路

公路、檳榔樹、草原和別墅
他們淺淺的根
捉不住山脈中所埋伏的流水
便秘許久的山坡地
偷偷罹患了直腸癌

在颱風灑下億萬滴雨水後
青山的脊椎骨就被滾滾滔滔的洪水折

斷成土黃色的瘋狗浪
把磐石沈靜的靈魂化成活火山一樣的惡魔
從高空向下狂攫
撲向大地上所有的生靈

風停後
山無顏面，神無顏面
公路上有無數迷途的車輛
青澀的檳榔種子灑在草原上
高爾夫球場的草皮裝飾著傾
倒在斷崖下的別墅
一道豐沛的河水
一如平常地和砥石二重唱著
從溪谷中奔跑而過

我是「四年一班」，讀初中時（約民國五十五年），那時課本提到台灣人口約一千萬，全世界總人口約三十多億。我看二〇二一年的資料，全球總人口已達七十八億，台灣二千二百多萬（注意，台灣土地每年在減少中）。這麼多人要吃要喝要住，就得大開發，向大自然搶土地，大自然不樂意啊！

也就是說，地球快被人壓垮了，地球很不爽，開始生大氣要教訓人類。因此，比土石流更大的災難，天天都在上演，不在北就在東，或西或南，未來人們除了與病共舞，也要和各種大天災共存，誰死誰活看個人因緣造化了！誰會覺悟？來一首〈鄉愁〉：

一直漫游到海洋
被猛烈的陽光牽起雙手
曲折的迷航在烏雲無止盡的迷幻中找到
句點

風轉向，雲改道
在碰撞子虛山時
所有的雲霧都被傳染上巨大的鄉愁
一同灑下冷冽的眼淚

「滾滾紅塵古路長，不知何事走他鄉；回頭日望家山遠，滿目空雲帶夕陽。」這是吾國明代高僧憨山德清的詩偈。（註一）人人都在追尋最後的家，這「家」在哪裡？愁啊！愁的讓詩人「灑下冷冽的眼淚」。

說實在，讀須文蔚的詩，當下就是舍利。其他詩人亦是，只要你用真誠生出的詩，就是你的舍利，若可傳頌五十年，在這五十年內就是舍利，能傳百年便是百年舍利。直到被歷史放棄，無人來看一眼，就是灰了！

註　釋

註一　憨山德清，明嘉靖二十五年（一五四六年）生，明熹宗天啟三年（一六二三年）圓寂。明代高僧，字澄印，號憨山，諡號弘覺禪師，南直全椒人（今屬安徽省）。傳承臨濟宗，為禪師復興重要人物。

第三部 《衆聲：食餘飲後集三》

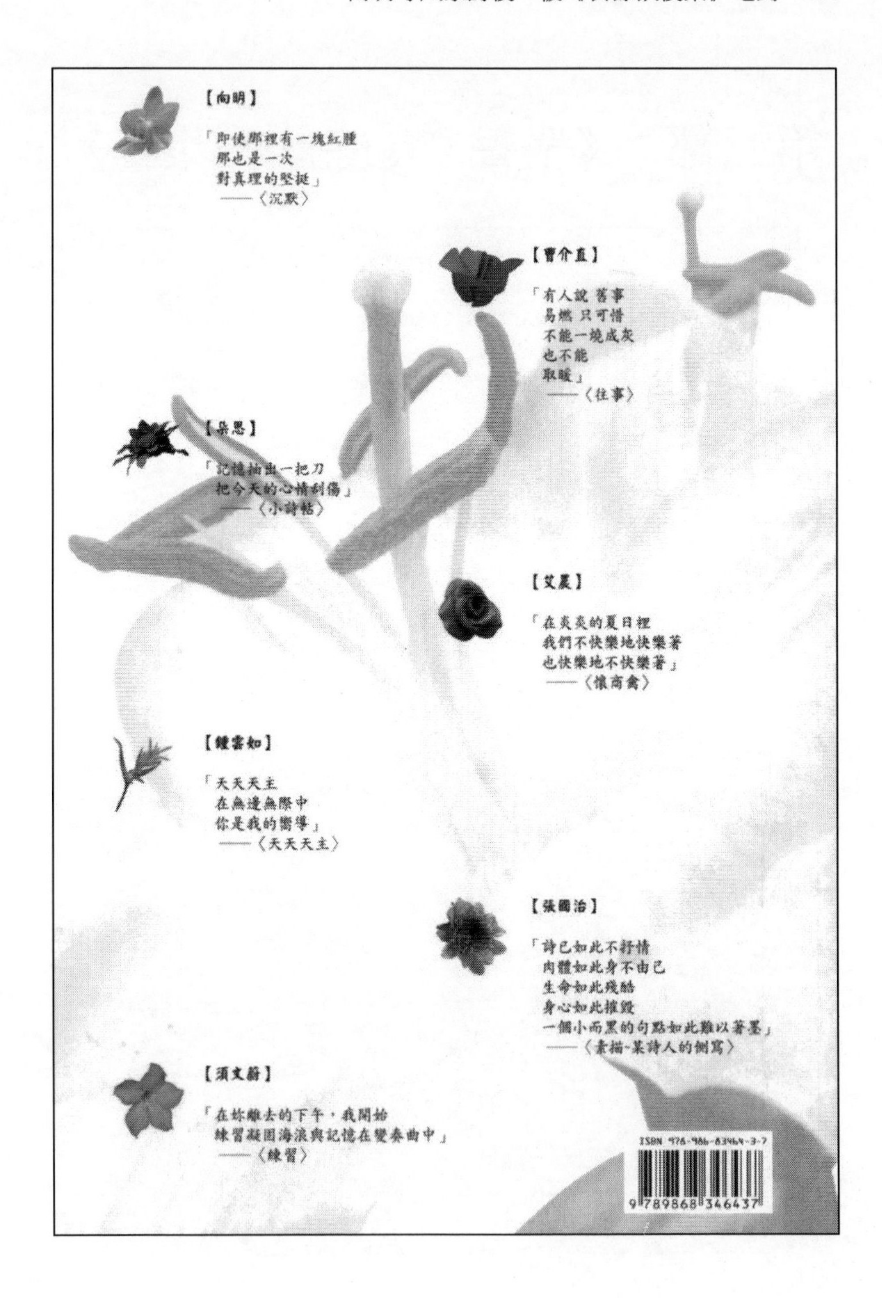
【向明】
「即使那裡有一塊紅腫
那也是一次
對真理的堅挺」
——〈沉默〉
【曹介直】
「有人說 舊事
易燃 只可惜
不能一燒成灰
也不能
取暖」
——〈往事〉
【朵思】
「記憶抽出一把刀
把今天的心情刺傷」
——〈小詩帖〉
【艾農】
「在炎炎的夏日裡
我們不快樂地快樂著
也快樂地不快樂著」
——〈懷商禽〉
【鍾雲如】
「天天天主
在無邊無際中
你是我的嚮導」
——〈天天天主〉
【張國治】
「詩已如此不抒情
肉體如此身不由己
生命如此殘酷
身心如此摧毀
一個小而黑的句點如此難以著墨」
——〈素描~某詩人的側寫〉
【須文蔚】
「在妳離去的下午，我開始
練習凝固海浪與記憶在變奏曲中」
——〈練習〉
ISBN 978-986-83464-3-7
9 789868 346437

第十五章　向明的詩從生活中提煉

《眾聲—食餘飲後集三》，向明有十二首詩，他的詩大多很新鮮，這是合乎他的追求原則。自然也是另一特色，自然就是「俯拾即是，不取諸鄰」，這便是從生活中取材。筆者對向明先生的實際生活情形並不知道，但中國文學有「文如其人」的說法，讀了他一些詩，在公共場合看他都一派悠閒，綜合印象（判斷），似可用王陽明一首詩形容他：

飢來吃飯倦來眠，只此修行玄更玄；
說與世人渾不信，卻從身外覓神仙。

換言之，生活便是他的道場，就在生活中修行寫詩，這就是他的「野心」，不注意的人都看不出來。賞讀他的〈野心〉：

野心蟲子樣在心裡癢癢
不要高估
頂多像一陣風剎那穿過長廊
頂多像失真的喇叭
發幾聲莫名的空喊

多想爬上一〇一高樓窺天
才爬到第五層便已腰酸腿軟
有時真想向討厭的政治投擲燒夷彈
一碰到冰冷的引信便已慌張
也不要低估
仍誓言綠化大戈壁沙漠
定要在月球插一支宣告獨立的旗桿
那是一張自印自爽的支票
不能兌現也無人追究
更不會逼誰跳樓或自己難堪

我不會貧窮得沒有野心
我常常把野心拿出來把玩
也不過一盞茶功夫
手裡捏的竟是一堆鴿子的糞便

二〇〇七年十月二十四日

看似沒有野心的「野心」，其實是真的有野心，才一盞茶功夫，野心就完成實現，是手裡捏的一堆鴿子糞便，世間一切功名利祿都是「狗屎」啊！如果是一個佛教徒要修到這個境界，要多少年功夫？

人的野心很多，有時不一定真的實現。向明有未實現的野心，是向政客投燒夷彈，我也想炸毀「偽總統府」，和向明一樣只敢在詩裡說說。這已很了不起，很多詩人窮得剩下詩，我們除了詩尚有野心，可能是有革命軍人背景的關係。欣賞〈一桶釘子—參加詩會我見〉：

都很尖銳
都有長短

都很挺直
都赤條條的像根陽具
隨時準備挺進侵入一處軟弱的地方

每次參加詩人大會
每次看到的是一大桶釘子
閒閒的
橫豎搞在一起待機而動

都是一樣
詩人們聚在一起打屁聊天
釘子們擠在桶子裡氧化生銹
事實證明在這裡
詩人群聚孵不出半個屈原、李、杜
哪枚釘子不是站出來挨打獨鬥

二〇〇七年七月十三日

極力反諷又形像鮮明的詩，「釘子」就是釘子，死硬又尖銳，大家都怕被釘到。詩人也明示群聚產生不了偉大的詩人，要「挨打獨鬥」才能有成就，難道又是要「窮而後工」嗎？

但我想說的，是每個詩會都是一桶「釘子」，《葡萄園》、《三月詩會》、《笠》等，哪一桶不是「釘子」？就是標榜唯美的《秋水》也是，差別只有硬度不同，鋼釘、鐵釘、木釘都是釘子。擴而大之，眾生哪一個不是釘子，每個都是獨一無二的獨立體，自成一世界，如「東方維摩」居士龐蘊說：（註一）

> 一念心清淨，處處蓮花開；
> 一花一世界，一葉一如來。

「一念心清淨，處處蓮花開」，是說當我們心中生起一念清淨心，如一朵清淨的蓮花盛開。「一花一世界，一葉一如來」，每一朵花都是一個世界，一片葉子有一個如來。這是「從一朵花看天堂、一片葉見如來法身」的境界，三千大世界的一沙一塵，都有般若妙算。

但「一花一世界」，也暗示世界和世界之間，並無溝通路徑，因為一個世界就是獨立體。所以，每個世界也像一個釘子。

向明常有以家庭生活圈為題材的作品，這集也有。〈非分抒情〉有五節，是詩人的自我解剖：

一

妻說
你睡得越來越晚
晚得要與　明星
同等天光

我吃驚的說
那就是我的名字嗎
應該是越來越亮

二

有時
真想發狂
給我一汪海吧
讓我跳下去
把自己沏熄
使海水沸騰

讓日月看出
生之真誠

三

晚霞紅得接天的時候
如果可能
我願淡出一切的虛
讓我裹身在
萬慮俱靜

我知道
黝黑是光失色的沉澱
從中孵出
原始的本尊

四

如何將自己歸類呢
無鴻鵠之志，壯心早經剪羽
再唱幾聲大江東去嗎？
又不曾風流過
也未淚濕過青衫

如何將自己歸類呢
不如還是像一本書一樣
看累了就躺回書架

就讓塵埃
去論長短

五

空有強大的風說
誰能把我保存
我的活動空　大而無外
絕不會淪落成
穿褲子的雲

善躍的跳蚤說
誰能把我捉住
我的呼吸細比奈米
形體更小，小如
一粒可納須彌的芥子

遲鈍的我說
誰　把我回收
我是被焚的倉廩
已成空有，頂多
一堆製造污染的灰燼

二〇〇七年七月七日

註：〈穿褲子的雲〉，俄國十月革命時代詩人馬雅可夫斯基的名詩。

我印象中，常以老婆為詩寫對像，寫妻的手、妻的臉、妻說等等，就是只有金筑和向明二位詩壇大老。能如是者，必是愛妻、愛家的好男人。在這首〈非分抒情〉，詩人透過妻說，間接表示自己的「野心」，就是要當一個越來越亮的明星。

但你生活在一個顛倒且近末世的小島，從中華民族的復興基地，活生生的變成武裝地方非法割據政權，欲分裂民族的漢奸島，詩人憤怒。怒火可以煮沸一汪海水，這是多麼驚天地、泣鬼神之怒！

面對這漢奸島的妖女魔男，無論你多大怒火，也燒不死那些妖魔亂臣賊子，詩人只有「淡出一切虛」，把自己化成虛無，或變成一本書。詩人如何將自己歸類？也暗示活在這末世小島，很難為自己定位。當純粹詩人好呢？或要有為於天下？革命！或造反！

經長期掙扎，人生還是看破了。如《金剛經》四句偈：「一切有為法，如夢幻泡影，如露亦如電，應作如是觀。」生命也好，詩作也罷！最終都是灰燼，是三千大世界裡，一粒灰塵！

成為灰，是未來式；當下詩，是舍利，而詩人，仍要有點「野心」，努力圖強創作，使自己成為越來越亮的明星。而對於分裂族群的台獨妖魔，也不必客氣，孔子成《春秋》亂臣賊子懼，詩人的筆是時代的見證，一樣有強大力道。啊詩人，提筆起來革命吧！用筆推翻台獨偽政權，是身為中國詩人之天命，天職！另一首〈穿牆人〉：

我穿越過一道牆
那跋踄的過程
輕易得
祇要邁出第一步

便可繞地球一大圈

我穿越過一道牆
很抱歉
從來就無視牆的存在
祇要一心想走過去
便到了世界那一邊

我穿越過一道牆
從沒有遇到路檢
也沒有鐵絲網阻擋
祇要我念頭一轉
牆便鬧門似的讓兩邊

我穿越一道牆
從來不要打通關節
也不必動用推土機

祇要吾心信其可行

牆躺成大路任人大步向前

二〇〇六年七月十日

看詩人有多強大的能耐！秦皇、漢武、蔣公、老毛，他們有這等能耐嗎？他們都曾經被「牆」困的死死的，但所有的牆碰到詩人，只有乖乖讓路。詩也暗示著，詩人這輩子都是自由的，一切都「心想事成」，所有困局可以圓滿處理。就算碰上天大難題，只要轉念，同樣可以找到好辦法解決。

「推土機」意象應是來自陳水扁老婆吳淑珍的一句話。當時(這首詩創作時)，他倆的大貪污案爆發，想升官的都要送大錢給吳淑珍，她可號令三軍，無敵不從。有人向她反應某某不聽話，她說：「我叫推土機推下去看他從不從！」她口中的推土機，就是她控制的情治系統，她的「東廠」，黑暗的末世！可怕的妖魔！看牠們橫行到幾時？就等王師來征，救這沈淪的島！

註釋

註一 龐蘊，字道玄，湖南衡陽縣人。生於唐玄宗開元二十八年（七四〇年），卒於唐憲宗元和三年（八〇八年）。有「東方維摩居士」雅名，馬祖道一法嗣，是有道居士。

第十六章　曹介直這幾首詩很感傷

《食餘飲後集》第三集，曹學長有七首詩，讀起來都很感傷。如有關周鼎、商禽、活過八十、銅像倒下等，實在是國家不幸詩人大不幸。一一賞讀吧！〈飲者與酒——悼詩人老友周鼎〉：

他總是將自己的一生
斟在酒裡　以為
用乾杯點火
便可以燒盡陳年的
積鬱

酒　也真是他的知己
知道勸也無效

便悄悄進入血管
使他暫時
麻醉

現在　他終於放下空杯
「一了百了　別無繫念」的走了
我想　繫念總該有吧
比如一首好詩尚未完成
酒　還未喝夠

後記：此篇意中對象為老友周鼎。沒想到陰錯陽差，他尚未看到，便於九十九年九月二十五日凌晨，病逝於台東榮民醫院，現在只好稍作修改作為悼辭了。（引號內語見〈他們怎麼玩詩〉中，《周鼎詩選》之自我簡介）。

用酒把自己麻醉，把自己一生斟在酒裡，以示對「國家不幸詩人大不幸」的抗議。讓我回憶到另一個詩人沙牧，他和周鼎一樣慘，甚至更慘。（註一）沙牧

（一九二八～一九八六），退伍後工作不穩，長期無業、無家，只有放縱於詩酒，感傷啊！

沙牧車禍過逝後，詩友為他出版了《死不透的歌》詩集，向明在集子有一篇《疚痛懷沙牧》，對他有些追述。一九四九年來台的文人或非文人，像周鼎、沙牧，不知還有多少人！歷史上每個政權「南渡」，就製造許多小老百姓的不幸！再一首寫的是商禽，〈在時間的路旁等候—探望商禽有感〉：

「在時間的路旁等候」
我們都是尚未看完風景
便要急急離去的
旅人

你　已經不知道
再「用方糖問路」
因之　螞蟻也不再來
「啣你的憂鬱去築巢」
你的憂鬱太鹹　太苦

——「你的枕上曬著塩」

「天河俯身問他自己」
「因為咬不著自己的尾巴
而不斷旋轉的」
究竟是狗　是人　還是
「逃亡的天空」？

你以為
「勿將頭手伸出窗外」
就能確保你的安全麼
你從白色的網中漏脫
終被帕金森氏抓住

你一生都在逃亡
如今　卻將一切忘記
「在時間的路旁等候」

是否又是你再次逃亡的
另一種方式

後記：九十七年秋，某日下午，夢蝶、向明和我去玫瑰城探望商禽，商禽對我們三人，彷若不識。嘴巴像咀嚼口香糖般不停的咀嚼，且不停的沒有連貫性的自言自語，我是一句也聽不懂，向明說他聽到一句「在時間的路旁等候」，並且感慨連聲的說：「都是寫詩寫成這個樣子」。那時我們三人加起來，已將近兩百五十歲，看到老友如此，內心都感到「斯人也而有斯疾也，命以夫！」無奈的感嘆！

「都是寫詩寫成這個樣子」，是說寫詩會得帕金森氏症。我想這是「詩語言」才是，若寫詩會得那個症，誰還敢寫詩或當詩人。但說實在，寫詩確是讓人窮，這在詩壇上是有共識的，故人常形容「窮詩人」。

商禽，我只是聽過他大名，其餘所知不多。只好問「古哥」，原名羅顯昌，一九三〇年出生四川珙縣（老鄉）。與楚戈、辛鬱被稱「台灣詩壇三公」。一九四九年隨軍來台，曾作過乞丐、碼頭臨時工、園丁，看他後來發展不錯，留學美國，娶音樂家羅婉英為妻。不知為何說他「一生都在逃亡」？

商禽一生寫作不多，據聞詩有二百多首，兩本詩集，《夢或者黎明及其他》、《用腳思想》。但他是台灣現代詩運動初期的健將，一般稱他的作品有超現實主義美學。賞讀〈活過八十——生日憶雙親〉：

想起父親　便想起
他如姑爹的那段對話

姑爹說
你兩個兒子都大了
留在家裡當幫手
也可減輕自己的勞累
若是把田地都賣了
將來留什麼給他們呢

父親說
若是有用的兒子
不要我留給他田地

若是沒用的兒子
田地再多也會敗掉
現在　我賣了田地
送他們去讀書
書讀進肚裡
爛不了　也敗不掉
就算是個沒用的兒子
將來也不會餓死

想起這些話我就慚愧
父愛原來是這樣無怨　無悔
兒子有用固然歡喜
兒子沒用仍然疼惜

果然　我是個沒用的兒子
一出門便回不了家
連送終都沒有

更別說奉養　報答
但我隨身帶著知識的墊腳石
果然沒有餓死　如今
已活過八十

我不記得
母親說過什麼話
幼時多病　只記得
母親常常坐在我的床邊
無助的哭泣

那時的婦女呵
都沒讀過書　而
讀過書的聖賢早就規定
「出嫁從夫」所以
她們在家裡
沒有經濟權

沒有發言權
甚至沒有人權
也就沒有員警登門
干預所謂「家暴」
僅有的　只是
明著流　暗著流
往外流　以至往內流的
眼淚

終於　流乾了生命的原汁
不到五十就去世
而我這株孱孱的幼苗
接受了愛的雨露
才日益壯實　如今
已活過八十

曹介直和向明算是高我一輩的長者，他們是來台的第一代，我是第二代，他們的上一代正是中國大地最動亂的年代。推算起來，曹介直的父母應是出生於滿清末年，我等無法想像他們經歷了多少苦難！

「我是個沒用的兒子／一出門便回不了家／連送終都沒有／更別說奉養　報答」這是詩人的謙卑，因為這些問題不是他造成的。如果國民黨軍不打敗仗！如果蔣公在一九四九年到台灣後，「一年準備、兩年反攻、三年成功」實現了！都沒有那些問題。只是，歷史沒有如果，時代的大潮沖來，人人都只是潮裡一滴水，只能隨潮逐流，竟流落這小島，還過一輩子！

黃埔軍校到了台灣一代不如一代，到了我輩這幾代，同學間流傳一個說法。謂我們職業軍人，少校退伍是虧本，中校吃到終身俸退伍是打平，上校退伍就是人生有賺，少將以上就是光宗耀祖。我意：向明、曹介直二位大學長和筆者，都是上校退伍，人生有賺就好！至於國家民族將如何！台獨偽政權將如何！如何統一？說實在的，二位已九十幾，筆者也七十了，在詩裡罵罵就好，千萬不要動大氣！

〈銅像啊　倒下吧〉也是痛心之作，「這是一個恩義沉淪的世代」，一個時代要沉淪，神也救不了。只有一首溫馨、貼心的詩，讀起來心情愉快，人會長壽。〈強辭有理——生日記趣〉：

老夫今年八十
二女兒包了大紅包
還寫上賀辭
「福如冬海
壽比藍山」

媽媽　姐姐哄堂大笑
妳這別字大王
八個字　竟然
別了一雙

二女兒慢調斯理的說道
我就知道妳們會笑
妳們頭腦　拘而不化
總是人云亦云　陳腔濫調

冬天的海有的結冰
無風無浪　正合
「老者安之」的聖訓
爸爸喜歡喝咖啡
藍山是咖啡之最
讓爸爸享受　世界
名牌　並壽與同高
有什麼不好

英國前首相柴契爾夫人，晚年獨居，孩子都遠離她，因她一生在政局打拚，和孩子很疏離。所以她晚年曾說：「若重新選擇，要在家帶孩子而不從政。」人生最寶貴的，是親人，不是財富或事業。

曹學長有貼心兒女，真是人生夫復何求？有這首詩也可以沖淡前面那些感傷的詩意。

註　釋

註一　沙牧，《死不透的歌》（台北：爾雅出版社，民國七十五年九月二十日）。

沙牧，本名呂松林，父呂義和，一九二八年（民17）九月十二日，出生在山東省海陽縣宴海鄉呂家村。一九五〇年從舟山來台，一九八六年（民75）二月七日車禍，十二日不治去世，年五十九歲。二十四日下午公祭後火化，二十五日上午由張默、辛鬱、羅明河、林建助等詩友，捧著他的骨灰罐，送往陽明山靈骨塔。對沙牧而言，悲慘的年代結束了！

第十七章　朵思詩的世界很意象

在這《食餘飲後集》第三集，朵思有十五首詩，感覺上她很會「經營」意象，小詩的意象簡潔晶亮，較長的詩則意象繁複。

筆者以為每一個詩人，在「捕捉」到一個意象時，可能是創作當下瞬間的靈感，企圖經由意象建構一個意境。這個意境是他的理想國（桃花源），他的世界屬於他自己，讀者不可能完全走入他的世界。讀朵思的詩，我更有這種感覺，以下選讀一些她的作品。〈小詩帖〉：

一、靜

魚缸內
時間很滿
水太靜，沒構成浪濤

二、刀

記憶抽出一把刀
把今天的心情刮傷

三、夜

她走出擁擠的夜
朝思維的另一個方向奔跑
直到碰觸到內心那堵牆

四、幻

帶著櫓聲
搖過來的是她的眼神

五、下弦月

月亮緩緩流下她的亮光
我的眼睛坐在它橙色的標題上

六、體　悟

那人逃開喧鬧
匆匆
把自己的寂寞喚醒

二、三行的微型詩，就要構築一座「理想國」，這是結構上的困難。而靜、夜、刀、幻等，屬於靜謐、淨幽的主題，「有」的事情好寫，「空」則不好表達。但這幾帖小詩讀起來，意象鮮明，「刀」雖非真刀，意象則很驚悚。只有兩行的「刀」，乾脆、快準，感覺又像古龍的《天涯明月刀》那種刀，所以驚悚！

「靜」不好表達，問題在「死靜」和「動靜」，舉例如下。陶淵明〈歸園田居〉：「狗吠深巷中，雞鳴桑樹顛」，利用詩人的主客轉移，將主體的自己融入自然節奏，反觀客體的狗叫雞鳴，突顯清靜的效果。〈小詩帖〉六首都有這種主客轉移節奏，只沒有利用動物（只有一魚）來演出。

又如唐・賈島〈題李凝幽居〉：「鳥宿池邊樹，僧敲月下門」。融和視覺、觸覺、聽覺，化為渾然的安靜，朵思這幾首小詩亦善用此道。

到底鳥是叫安靜，或不叫安靜？王安石與眾不同，他的〈鍾山即事〉：「澗水無聲繞竹流，竹西花草弄春柔；茅簷相對終無事，一鳥不鳴山更幽。」水流無聲，鳥也不叫，也是安靜，但顯得違反自然。

魚缸內，無風無浪，只有魚兒游來游去，這是清靜，也有「動靜」；而人「逃開喧鬧」「寂寞喚醒」，則是孤寂清靜，總之這幾首都清淨，又很空靈。賞讀另一首〈傘下〉：

我，魂魄被捏塑成被指定的形狀
匿藏在傘骨輻射的小小宇宙

一路走過的風景
是前世的橋凝睇的眸歲月的變幻
失修的幻境，總支持生生世世寫在記憶裡的節芒

因為傘下世界僅流動成傘外雨滴串成的淚
與傘內與世隔絕的田園

這裡沒有自己
死亡是意識之外的事
如果抬頭尋找星星
星星即在夢的外面向傘內張望

下雨天打傘，日頭高照也打傘，形成傘內傘外兩個不同的世界，內外有交流，也有阻隔。暗示人生必受到主客環境的影響，傘下世界（主）會流動成傘外的淚（客），詩人奇妙的思維佈局。賞讀〈黑・橙〉：

一、黑

有某種聲音
蠕蠕潛行在這樣陰冷的色系當中
那是內隱的情緒內隱的線條內隱的聲音

即使被深深凝視也不會發出聲音

如果說它有滂沱的欲望
要在沉默中狂野的歌唱
您當會聽到行走在你內心的激情
狂妄猛爆，手足舞蹈

二、橙

熟透了。熟透了記憶和
冉冉升起的希望
蜿蜒色系的路徑
它是比紅更耐誘發胃蕾積極蠕動的最佳元素
綿延比黃更貼近平實生活和幸福指數的題旨
滿溢積極概念

橙色寧靜流動
那是秋收後成熟的色調
是晨曦，也是落日

用了很多形容和意象，來說黑、抹黑，把黑說（演）成大家喜歡的歌舞秀，把黑抹（化）成激情，改變黑色陰冷的本質。說的可是蘇芮和羅大佑的黑色震憾，震醒了「亞細亞的孤兒」，這首黑詩的感染力不亞於歌！

橙比黑容易直接讓人快樂，水果成熟大多成橙色，讓人有吃的欲望，誘發胃蕾，讓人飽食維持健康。尤其橙色也象徵秋收，有幸福美滿的感覺。

從〈小詩帖〉到〈黑•橙〉，發現詩人不用「事」也不用「典」，空來幻去，有如惠能大師的「本來無一事」。只是詩人閒來無事，在空幻之中惹些塵埃，打發漫長的退休時間。欣賞〈風雨夾殺〉：

風雨夾殺
一隻貓吊死在記憶的枝枒
他將自己遺留在海潮洶湧漂流的漁網
沙灘上，一輪明月和酒瓶斜躺

那是躁者狂烈的欲望

他涉嫌在一片波浪寫下一則故事
他讓自己駐守在記憶現場
有靈魂住在溫暖的家
神佛依偎在牆壁高高在上
輪椅和茶杯和桌子相互對話

從情節裡抽身而出
沿著風雨狂肆的節奏尋找
其實，他知道仙人掌合理的在沙漠和電視機上
輕聲呼吸
是風雨的囈語穿過記憶的沙灘……

「死貓吊樹頭、死狗放水流」，是台灣地區早年流傳的說法，尤其鄉下老少皆知。朵思是南部人，年輕時代一定聽過，且可能見過，筆者小時候也常看過。曾問過媽媽，媽媽也說不知道，上代人流傳下來的。

朵思年輕時見過死貓吊樹頭，任由風雨夾殺牠的屍身，留下深刻印象，數十年記憶都不會消失。靈感顯現時，以「同體大悲」的感受寫這樣的詩。用「他」說貓，表示已將他擬人化，他「往生」的地方正好是海灘，每日面對一輪明月和酒瓶。人世間就是這樣，美醜同在，依然是靈魂可寄託溫暖的家。

賞讀〈新聞頻道〉：

有一條弒親的聳動新聞
跑出跑馬燈的巷道
另一條槍擊血腥畫面
以馬賽克的遮掩方式
攔腰橫掃觀眾的視窗
世界各地的天災、摔機、恐怖攻擊……
之後，才有癌末病患與生命拔河的堅忍意念
嘹亮歌聲的感官突破
……
扭轉至緊張情緒後的鬆弛地帶

眾多頻道搶攻同樣的新聞戲碼
我們毫無選擇的在嗜血的鏡頭下
頻頻與焦慮對抗
或許，我們
只想知道哪裡有鳥聲滑過那條街道

我年輕的時候（約三十五歲讀研究所時期），很相信西方民主政治所謂「媒體是維護社會正義的第四權」論述。但很快產生許多懷疑，再觀察幾年英美和台灣情形，我對那種「神話」論述，就全面破產，不論哪一國，媒體都是統治者用來對人民洗腦的工具。近二十年的台灣最明顯不過了！

「我們毫無選擇」，對廣大的人民群眾而言，其實是「無感」的。不論何種顏色，都生活在「冷水煮青蛙」環境中，成為一種生活習慣，習慣已經選擇了！

少數智者，如詩人，有頭腦，有判斷力，就是有選擇的，筆者只選看「動物頻道」，其餘不看不聞。朵思選擇到大自然賞鳥聽鳥歌唱，還有助於詩創作。

第十八章 時間正在洗煉艾農的詩

艾農是現代文學教授，又很早創作現代詩，所以寫詩對他應該和吃飯一樣簡單自然。在《食餘飲後集》第三集，他有十五首詩，他認為詩都必須接受時間的洗禮，這十五首詩見光後已洗了十年，應該還經得起考驗。本文選讀數首，〈懷以仁師〉：

這一驚非小
滿頭白髮一臉落寞
也許是那角度
我在車裡
你在那張街邊的椅上
這距離大概十年
或許更久得令人心驚

或許更久得令人心驚
你在桌前我在桌邊
維持一種仰望的角度
那時候的你正是這時
候的我
我說的是年紀
那是上帝的辯證法
三十年一瞬
百年也是

程門的雪依舊
立雪的人在哪裡
在偶然馳過的車上
在沒有淚的記憶裡

二〇一〇年三月二十七日　公車上偶見偶想

註釋：寫這首詩的時候，已多年沒見過的以仁師，今年三月底搭車往市區，經過和平東路教育大學公車站旁，忽見以仁師端坐路邊候車椅上，心裡既高興又惶恐。讀九月十日《聯合報》副刊，始知去年九月十八日，以仁師已人天兩隔，不免怵然而驚。謹跋。

弘一大師曾說：「人生有三難得：遇明師難得，佛法難得，生身中國人更難得。」這是我大學時代，國文老師引述最有啟蒙作用的一句話，我一輩子也忘不了。我想，像以仁師這樣讓一個詩人懷念，他應該就是明師。（注意，是「明師」，不是「名師」）

三十年一瞬，百年也是，這是我們這群老人家才有的感受。人大約在三十五歲以前，不會有要珍惜時間的念頭。因為他多的是時間，可以每天到處鬼混。筆者大約五十歲時接觸佛教，看到《金色童子因緣經》一詩偈，從此就把每一天當人生最後一天用，至今如是：

寢宿過是夜，壽命隨減少，
猶如少水魚，斯何有其樂。

這四句偈可以警醒我們無常的來臨。鞭策我們從有限生命中，積極把握時光，活出有意義、有價值的生活。對詩人而言，就是能留下可以傳世的作品。

眾生都是一隻隻「少水魚」，四週的水一天天的少。有如時間，過一天少一天，過一年少一年，眾生只有這個是平等的，沒有例外。差別只在每人感受不同，要如何運用自己的時光！但有時候，生命只不過是從一張床移到另一張床，〈彼此〉：

我們總在床上得到彼此
也失去彼此
像一道暖流
進入了冰冷的海洋
像一道閃光
消失在視網膜
我們總在床上得到彼此
也失去彼此

像驟臨的雨
來不及躲避
不能夠反對
沒有太多的理由

我們總在床上得到彼此
也失去彼此
在愛情的荒原
從一張床到另一張床
重複著失去與被失去
我們總在床上得到彼此

這是一個詭異的世界，理論不可靠，定律有例外，原則不一定準。想要得到，不管得到什麼！人、錢、名份，就得上床，尤其雌性物種更是，但也有人財兩失！他們若不上床，你會誕生嗎？你若都不上床，你會有可愛的下一代嗎？當然也有很多無論如何上床，也是什麼都得不到！

於是，由於他們上床了，你誕生在一張嬰兒床上。很快你長大有了雙人床，你跟人上床，有所得或無所得不一定。光陰是無情人，不久你被送上一張病床，也許這是你最後的床。人生過程嘛！就這三張床了！只要和「愛」有關的事，都離不開床。〈有感〉如是：

多情總被無情誤
是每一個淒涼愛情故事裡最動人的理由
無私的奉獻的愛
並不能構成美麗的暈眩的緣

男子總是被痛恨著
他要的只是
一個豐滿的胸部
一個盈握的細腰
一些些放肆的溫柔和嫵媚

美麗的男子總是被痛恨著

他要的不只是
一個豐滿的胸部
一個盈握的細腰
一些些放肆的溫柔和嫵媚

善於演戲的美麗的男子總是被痛恨著
他要的也許是
一點點優越的虛榮
一些些安全的幻想
一陣陣虛擬的放縱

對於不會演戲的美麗男子來說
愛情只是一點點智慧
還有恆久的等待

為什麼被痛恨的都是男子？不論那男子美不美麗！會不會演戲！大多時候，不管事件是非如何！男子都是被痛恨的一方。詩說如是，想必現實裡七八不離九吧！沒有什麼合理的解釋，就推說是演化論的結果。

愛情不論久暫，必和一張床有關。因為豐滿的胸部、盈握的細腰、放肆的溫柔和嫵媚及其他，都只能在床上實踐並檢證。所謂「檢驗真理唯一的方法，就是實踐。」恨不恨？愛不愛？關係如何定位？該拿的銀子是多少？都要在床上經過檢驗，取得合格證書才行，很神奇吧！也不神奇。另一首也和「愛的檢驗」有關，而且在現代社會似乎有越來越多檢驗造成「失控者」，〈性與暴力〉：

這不是選擇題
用性傷害人
最多是苟延殘喘的
花柳病與愛滋
暴力卻能讓人
即刻失去性命或者
失去這個世界
失去一切值得眷戀
以及不值得眷戀的一切
眷戀是悲哀的

不眷戀是沈重的
能選擇是淒涼的
不能選擇也許是幸福的

很多專家都說，現代年輕人不會、不懂、不知又不學習兩性如何相處，只會和機器相處。於是，恐怖情人越來越多，自己得不到，也絕不會讓別人得到，只好殺了她。這是什麼時代？什麼社會？這種情形台灣最多，各黨都不問不管，無關選票。〈我選擇了我自己的ＤＮＡ〉：

沒有一個生命可以完全複製
在肉體與肉體之間
在靈魂與靈魂深處
我選擇了我自己的ＤＮＡ
我選擇了我自己的ＤＮＡ
日復一日月復一月
做著我自己的夢

走著我自己的路
恨著該恨的
愛著該愛的

愛著該愛的
另外一個DNA
走著我自己的路
做著我自己的夢
日復一日月復一月

又是一個困擾眾生一輩子，即簡單又複雜的問題，「我是誰？」「我是做工的，做一輩子工人。」「我是詩人，寫一輩子詩。」「我是商人，無商不奸啊！」到底「我是誰？」星雲大師說：「你就是佛啊！」

是的，我們有炎黃血緣的DNA，是中華民族的DNA，是中國人的DNA，但我們每個人也有佛性的DNA。「我」有很多層級：張三↓老師↓台灣人↓中國人↓佛，你在哪個級？

佛陀有個弟子叫優波離，他出身是印度首陀羅（賤種，一生規定只能當奴隸）。

後來覺悟修行成了佛陀十大弟子之一，在佛陀涅槃後，由他主持結集三藏之一的律藏聖典。（註一）所以「我是誰？」是永無止境的命題。

註　釋

註一　可詳閱：星雲大師，《十大弟子傳》〈高雄：佛光文化事業有限公司，二〇一五年元月再版十五刷〉，頁二一一——二三八。

第十九章 鍾雲如的詩是愛與和平

這本《食餘飲後集》第三集，鍾雲如有十六首詩，她的詩讀起來都能感受到愛與和平。她「期待全民寫詩、讀詩，給人類帶來和平與美麗。」這是永恆的「詩語言」，永遠「愛的期待」。

但，世界永遠不會有和平，只有我們內心可以和平；社會永遠都有恨，只有我們內心可以充滿愛；永遠不會有全民寫詩，甚至詩社也關門了，有「七散人」寫詩，也就夠了。〈自由之鑰〉：

天
沒有性別
主宰者
誰看見
大大大

大至你無法想的
小小小
小至你無法洞察
我的意念
和自己和天
和好

和好
乃握有自由之鑰

天，虛無，卻包容萬有，無限大的天包含所有無限小的微塵。所以，天是至高無上，神聖偉大，中國人常說要「謝天謝地」，稱「天帝」，西方稱「天主」。詩人說和天「和好」，這意思是和天成為「好朋友」，向天學習，可以「心包太虛」，如在虛空中漂飛，完全的自由。每天與天同在，天天〈看天〉：

相聚成一朵雲彩
在天際遨遊

想永遠是一朵雲彩般
自由
更自由的風
推擠
穿透
來自何方的風
來自海上
那亦屬於天主所創造的
一切所創造的
無界

天主創造了天，身為天主徒當然要看天，想像自己就是天，可以在天際遨遊，如雲如風那樣自由。拋開宗教思維，這是一首充分發揮想像力詩作，內涵自由、浮游的意象，另一首也是有關天，〈天天天主〉：

如果沒有你
我看不清楚愛的面目

天主是愛

如果沒有你
我常忘了打開喜樂之門
天主是喜樂

如果沒有你
我不知道寬恕是自由的翅膀
天主是寬恕

如果沒有你
走路我只能聽見自己的腳步聲
天主常陪伴

天天天主
在無邊無際中
你是我的嚮導

天主是愛、喜樂、寬恕、陪伴、嚮導。但信徒可以做到和天主一樣嗎？左思右想，就只有一個德蕾莎修女，她是人間「天主」，千萬信徒中就這麼一人。據聞，羅馬天主教宗已為她完成「封聖」（待查）。

詩人距離聖人，不知還有多少里程！但詩人信了天主，已看到愛的面目，已打開喜樂之門，已懂得寬恕他人，已能聽見別人的腳步聲（有同理心），知道如何選擇正確的方向。我以佛教說法，她「悟道」了！這便是人生的境界。賞讀〈十〉：

往左還是往右
往上還是往下
十
是怎樣的記號

每一天
每一個時刻
我們都面臨選擇
如同在十字路口

往前還是往後
往左還是往右

十
聚焦最多的啓示
你在中心
旅程才有目標

很有趣也很有啟示性的一首詩，人一生確實都在做選擇，每天、每月、每年，大選擇、小選擇、微選擇。有的人一生都在十字路口觀望，下不了決心，剩下最後一口氣時，已無法決定方向，才由親人在耳際問：「你要天主教還是佛教？」「你要不要受洗？」……

有智慧的人，凡事決不會弄到「最後一刻」才決定要如何？定是「豫則立、不豫則廢」。詩人會思索此一命題，此人必是智者！另一首較有反思、批判的詩，〈真理的位置〉：

被污水澆灌的田地

結出含毒素的果實
凡人的眼睛無法覺察
無言的肚腹卻一一收下

如果無言到底
這個世界終究是無言

智慧
在沒有道理的地方仍存在的力量
我們應束緊腰帶並緊緊跟隨

真理映現的
乃是我們走出的步步腳印

很多人可能不知道，在台獨偽政權蔡氏妖女操弄下，民國以來實行百年的「一夫一妻制婚姻法」，已被廢除。新的婚姻法沒有「一夫一妻」，也沒有「夫妻」二字，完全是配合妖魔同性婚的需要，多麼邪惡！

然而，呆丸郎多無言，一一收下。還有，把各級學校教科書改成「台獨教材」，大家也無言！大家睜著眼睛看妖女亂政，皆無言，就讓這個島沈淪！

中國知識份子有個傳統，天下可為出而貢獻所能，天下不可為退隱山林，如「竹林七賢」。今是台灣，如向明在第一集序說：「在此正欲進行文化大割的當代台灣，也只能守住自己的本份，以詩來捍衛悠久文化的尊嚴，使得詩的光榮不被沉淪。」因此，我們智慧只在詩裡！真理也只在詩中計較。賞讀〈你仍是可愛的〉：

我眼中的你
多麼可愛
如同
我在你眼中，那麼
可愛
如果你讓我生氣
我閉上眼睛吧
看不見你生氣的臉
我會記得
你仍是可愛的

眼不見為淨，到了這個境界，我不得不說她是菩薩。在《大般涅槃經》說：「若於一眾生，不生瞋恚心；而願與彼樂，是名為菩薩。」內心無瞋恚，帶給人歡喜，就是菩薩行為。

再者，《歷代法寶記》亦說：「但修自己行，莫見他邪正，口意不量他，三業自然淨。」對於別人的不好，詩人閉上眼睛，不看不聞，也不妄自評量批判他人，內心亦自然的溫柔清淨。我想，在天主教聖典中，應該也有適宜詞句可以形容。

第二十章　張國治的詩是他的原鄉夢

在《食餘飲後集》第三集，張國治有十首詩。感覺上，除了藝術探索之外，他不斷在追尋他的原鄉，他的夢與實踐都在原鄉。本文就選幾首他的原鄉夢欣賞，〈素顏——二〇〇四年往祖父家鄉惠安淨峰寺探訪弘一大師李叔同故居〉：（照片墨寶取自：陳慧劍著，《弘一大師傳》（台北：三民，民60年）

那案上，我輕輕取下
撫觸他用過的牙刷
手柄木質裂開悄悄腐爛，這源頭清癯黝黑
令人無以想像這素身之前有過的光滑細緻
主人不在家，不，已不在世
但這又有何差別？
所有的用品清簡，自若安靜擺置

一如他圓寂的神態
又如晚年素樸無華的字
內蘊深藏
空蕩灰色地板，清寂而幽
皆說明繁華過盡的真淳

都計量好了，三天前，三個光年皆是
就在眼前，這小小的宇宙
六個月每晚身心安頓的床塌

他入定，在這什麼都沒有的小小空間
想此什麼？頓悟些什麼？
除了風，光影躡躡
從門楣間隙，從窗櫺
悄悄進入，我無從進入

我不捨

弘一大師晚年慈照

想像他最後身影照片
他手托倚入世頭顱，微抿唇角
不曾焦慮，無有恐懼
等待大圓滿，永恆的寂滅

彷佛一切都是夢境
到最後都要轉身，不再回首
八月陽光少女解説員靜靜
關門，上鎖。

弘一大師早期墨跡，瑞安李淑誠先生珍藏

弘一大師李叔同（一八八〇—一九四二）。吾國近代新文化先驅，同時也是一代高僧，他的故事很多。可貴的是，他還是個全才，文學、藝術、書法、繪畫、音樂、篆刻、戲劇，無所不通，且都是一代大師水平。他的弟子，豐子愷、劉質平也很出色。

祖父家鄉福建省泉州惠安、也是是詩人的原鄉，惠安淨峰寺弘一大師李叔同故居，這三者的連結，除了是詩人追尋原鄉夢的足跡，也有一種光榮與驕傲的感覺。就好像有人告訴你，他的祖居地就在山東孔府旁，小時候還常在孔府玩遊戲。

此外，詩人探訪大師故居，他感受到什麼？一代大師只有極少生活用品，過著極簡生活，住於小小空間，只要一床便可安頓身心。那是一個動亂的年代，他不曾焦慮，無有恐懼，這便是大師風範，為詩人、後世人所敬仰之一代典範。

〈永安組曲〉有兩節，僅選讀第一節，〈永安——在福建永安桃源洞與惠安同鄉張志平相識〉：

永安，意味著此刻桃源洞永世寧靜的期盼？
啊！我失散多年的鄉親
在那個倥傯的年代，淒風苦雨的前世裡
你我是相偕徵召
既崇武又嗜筆墨詩文
戍守邊防不幸分離的戰士？

在一甲子建國，祝頌的今生裡
我們何以絕壁逢生，避難相約至此？
那奇峰峭壁，綠海林濤
奇秀絕美的桃源洞

寧非召喚我們以詩情盟約至此？

我們相遇在桃源洞的正山小種紅茶、武夷山岩茶
茶香中，互道身世來源
確認香火衍派

那是何等令人錯亂的年代
我是你鄰村張姓族人
你是我捱得最近同宗兄弟
循著花崗石弄
戲逐那火紅且孤傲的落日
我們都是軒轅賜予弓拔張揮的后裔
或是海洋征戰捕魚
不可記事的討海人抵禦外侮？

但也許在哪個噤聲狐疑的年代
且是相互敵視的仇人

我無法與你同持香火

這又是怎樣一個激情的年代？
當所有躁動止息，平靜如桃花源
我們同時赴前世盟約，來此
坐下來，我在你的口音裡
印證血緣之所以為血緣
乃是無法更改的鬢毛鄉音
走過激情壓抑的年代
戰事繁瑣，且在正山小種
武夷山岩茶煮沸泡飲中一飲而過
今世，再不擦肩而過

兩岸開放之後，發生許多人間最感動的故事被媒體報導出來，失散幾十年的親人終得見面，因為血緣是人最不能割捨，也最難忘懷的關係。政治力量雖能阻隔血緣關係，如兩岸對峙時期的隔離，但當政治原因消失，血緣關係的親情會快速恢復。

同鄉的血緣關係較遠，但張國治出身背景較特殊。他「身份證戶籍是福建省金門縣，但從小對望彼岸是一衣帶水的兄弟島廈門及福建沿海，卻有著不能逾越的鴻溝……一直在認同中迷思、探索與追尋。」（見第一集簡介）。由於這種民族情懷，當他碰到惠安同鄉張志平，就會發出「我失散多年的鄉親……我是你鄰村張姓族人／你是我捱得最近同宗兄弟……」感慨！

世事總難有合理合情的解釋，明明是一家人，卻殺得血流成河，堆屍如山，國共內戰有多少親人在互殺。就算不打仗了，兩岸對峙「在哪個噤聲狐疑的年代／且是相互敵視的仇人」。這種局面蔣毛老早走了，卻又在台獨偽政權重現，台灣人也是中國人，到底吃錯了什麼藥？

詩人和許多人（金門人、台灣人），也都在追尋血緣文化認同。就血緣說，我們是炎黃子孫、中華民族，道地中國人；就文化言，中華文化才是「中國的」，是中國人傳承五千年的文化。邪惡的政治力量要「去中國化」，可以說，完全沒機會，只得一時之快而已。

〈雲南組曲〉是很長的組詩，共有五節，雲南元陽一帶是唯美又浪漫的地方，如詩如畫之美。本文欣賞組詩的前三節。

一、一座山不知如何言語——給元陽哈尼族山的女兒羅萍

我從來不知這山有多崇高，山與山並肩
可以有多麼綿長？
它比一個島或高空雲層的飛行
更遙遠或更憂傷
但我已經來了，透過拔尖的海拔
攀升的陌生和驚惶
帶著純潔和崇敬
不曾遺落觀景窗啓合的凝視
和記憶的儲存
雲的南方是不是心靈的故鄉？
我要向山的女兒輕輕叩問
在無盡蒼茫與巍峨
之間，我該呼喚它以崇高或險峻
或者，該呼喚它以輕聲細語

完全臣伏於它的溫柔嗎？在彩雲的飄浮
我要問詢那隱匿穿梭雲間
肩擔的民族足跡
那嘹亮青脆的山歌如何劃破
一山的冷峻？蕩擊浪人的心？
那藍布衣或織繡色彩如何渲染黃昏的華麗？
如何將一棵樹的堅毅與雲的溫柔切割？
要把自己的堅毅種植成一棵棵元陽的棕梠樹？
那哈尼族的女兒如何細數
山中步履，預先儲藏此生幸福能量？
哈尼族的女兒，我該呼喚你
以日日夜夜纏繞霧的溫柔
以親密的溫度為你命名

二〇〇九年十一月十四日寫於雲南元祥

二、霧夜——來到元陽

黃昏
來到元陽，海拔二千五百公尺雲層之端
在這裡，是否無需刻劃年輪？
是不是唯有輕和柔軟最憂傷？
霧來了，像此刻微動的心
心如霧之迷失方向，抽離高度
找到飄散的自由和離散

然而，只有白雲的流浪最自由
霧的迷離最美
黑暗的來臨最永恆
最虛無的光
最飄渺、最虛空
啊！只有天光雲嵐的無限最虛無

寫於二〇〇九年十一月十四日元陽之夜

三、獻給元陽梯田

所以奔跑不只是一種速度
亦是初戀的祭典
像趕赴一場華美的盟約

所以無需編寫篇章，無需解讀
當落日餘暉斜映在你波動的鏡面
一種熟悉熬煮粥糜的稻香
像母親的乳液，擴散
這一刻，你只需秉息
只有純粹，緘默不語
像天光的倒影
光滑、純淨
不再與永恆拔河、爭論不休

你完全失守，接受這一刻
胸口的疼痛和打擊

這收割後的梯田
層次遞變，安靜躺著
像即將啓幕的劇場
天光乍現，山嵐洶湧而至
如一記完滿鏗鏘悅耳的高音
眾人歡呼中完美演出

寫於二〇〇九年十一月十四日

「雲的南方是不是心靈的故鄉？……哈尼族的女兒，我該稱呼你／以日日夜夜纏繞霧的溫柔／以親密的溫度爲你命名」。人很奇妙，有了認同就有感情，乃至培養出「親密」關係；反之，沒了認同，不僅沒有感情，還會「退化」到可怕的無同胞情、無同理心，如今之呆丸郎，已近似「類人」。

黃昏時到了元陽，**「海拔二千五百公尺雲層之端……最飄渺、最虛空／啊！只有天光雲嵐的無限最虛無……」**自然的壯美與人力，經千百年共構成人間浪漫又空靈的天堂，到了這裡，詩人已然化為仙人！

元陽紅河哈尼梯田如何入選全中國最「飄渺、唯美、浪漫的仙境」？讓很多詩人、畫家光臨、取景、頌揚，因而名聞海內外。筆者就略為簡介。

吾國雲南省元陽縣境內，有一百一十三平方千米梯田，是哈尼族梯田代表性的核心區。梯田沿等高線修築形成階梯式農田，山坡斜度在十五到七十五度間，以一座山坡論，最高達三千級。

元陽縣的哀牢山區，共有吾國七個民族共居一山，大致按海拔區分。海拔一四四米到六百米河壩區為傣族居住，六百到一千米峽谷區壯族居住，一千到一千四百米下半山區彝族居住，一千四到二千米上半山區哈尼族居住，二千米以上高山多為苗、瑤族居住。而漢族多居住城鎮和公路沿線。

西方各民族都有種族歧視問題，中國境內各民族大區分有五十多，小區分近百族，但吾國自古以來各民族都和諧相處，共成一個中華民族。西方學者研究了數百年，至今不懂中國人如何治理！如何做到？因為他們不懂中華文化！不懂中國人！

哈尼族梯田不是死寂的歷史遺迹，從古至今始終是一個充滿生命力的大系統，自然與人力融合一體，是自然與民族文化的巧妙結合。不光是哈尼族人民的，也是我中華文明文化的偉大驕傲，使天堂在神州呈現。

第二十一章 須文蔚這詩裡藏著三種情愛

偶然注意到須文蔚的簡歷，也很不得了。現任的文學教授，比較法學學士，新聞所的碩博士，這個背景有點嚇人；另外，官也不小，公視董事、行政院青輔會委員、花蓮縣數位中心主任，應是「產官學」通吃的人物。而當下這裡，他是詩人。

在這集子裡，他仍堅持「若能盡情的燃燒生命，詩不過是層灰。」是灰還是舍利？上一集筆者已有略說，不再贅言。在詩觀他認為「要掌握血液裡古典傳統語境，找到當代的抒情聲音。」換言之，現代詩仍需要傳統文化的養份。而且傳統在「血液」裡，不能丟掉，也丟不掉。

在《食餘飲後集》第三集，須文蔚只有六首詩，有些少，可能公務繁忙。本文選讀幾首，〈料理〉：

在刀光裡討生活，母親的江湖

從來就不在煙雨迷茫的江南

從來不上峨眉、武當、少林
堅信那兒的齋飯營養不夠
堅持日日與刀俎激戰
以內力震碎裡肌肉的筋脈
屠龍刀將黃牛馴服成絲線
再偷偷加入祖傳配方，治療
一家人的空乏、上火、失戀與高血壓

母親總是一個人練功，撈起
鮮魚一如打起水面悠悠的落花
以治大國的雍容不輕易翻動魚身
再用乾坤大挪移把山產、雞蛋、新鮮蔬果
收納在牢靠的記憶體中，江湖規矩
先進先出，絕不食言

當爐火爆香蒜片，青菜正要下鍋時
母親拿起空的塩罐子叫著：
「鹽啊！鹽啊！誰幫我去買塩！」
空房間模仿著她的聲音學語：
「鹽啊！鹽啊！誰幫我去買塩！」

母親只好偷偷的滴下了眼淚
以孤單為晚餐調味

將媽媽做菜寫得這麼神奇，而且有強大的張力和想像空間。表面是感念母親為一家人做飯菜，讓全家人吃的快樂滿足，詩的意涵則暗示人生的過程，生老病孤寂，都是早晚要面臨的事。

開始很寫實，一家吃的和樂融融；接下來是「寫意」，因為家裡只剩母親一人，不必大費週章做飯菜，母親也不會叫「誰幫我去買塩」，所以這是想像情境詩寫。最後結語，不管是誰，最後有一段「以孤單為晚餐調味」的日子，誰都跑不掉。賞讀〈滬寧高速公路上聞蟬聲〉：

那是一個灰濛濛暮暮的清晨
高速公路沒有國籍，車窗外
無數的車輪潑墨在黝黑的畫軸上
催眠了所有疲憊的旅客

獨醒的我聽見蟬聲從草原盡頭傳來
是歌者高亢的嗓音震動知了的鼓室
烏雲上開始飛翔著遼遠的神話
神靈的翅膀在變換的雲上
書寫透光的文字

太低迴了，那是流浪者唱遊的詩句
樹的海洋，雲的山丘，我都無
用課室裡的知識去詮釋流轉的意象
於是我靜靜用聽覺去拓印歌者刻畫的雋語。
「不會褪色的記憶，
不會忘卻的相遇。」

那是夏蟬蟄伏在黑暗中十七年後
震翅飛舞在夏日的一聲低吟？

後記：在滬寧高速公路上聽友人喜愛的烏仁娜有感，「不會褪色的記憶，不會忘卻的相遇。」出自她的專輯《生命》中的〈記憶〉。

高速公路上的車輪「潑墨」，這個「詩語言」應是空前絕後了，潑墨是何等瀟灑，而車輪在高速路滾動是危險的。今二者合一，且在「畫軸」上飛馳，在這個情境中，詩人聽見蟬鳴。

詩人只是聽蟬鳴嗎？必另有他意。除了中段是蟬的高歌和牠神話般的生活，末段則感動於友人的詩句，記憶和相遇都是很久以前註定。夏蟬蟄伏有時很久，有的品種長達十七年，這麼長時間在幽幽地底度過，有些可惜！賞讀〈魔術方塊〉：

我們以不同色彩伏貼在
不停翻轉的立方體上

妳紅著臉卻堅持不分心於我的凝望

回身拉上銅扉深鎖起思念
隨身到嫣紅的薔薇花園裡
靜坐成一則古典詩裡難解的意象

我攀登了好幾座摩天大樓的倒影
在礦泉水招牌上的綠洲小憩
在回憶中批閱妳欲言又止的眼神
轉譯成文字的建材，發現
妳正悄悄搭建一座空中花園

這城市是一個魔術方塊
我們總在顛倒的空間中張望
各自窗子切割過的雲朵
任憑鋒面挾帶的雨水和利刃
割傷詩稿和幻想繪畫成的藍圖

於是我暗暗決心

不再用蒼白來博取妳的愛戀
當妳再次旋轉到天體的對面
隔著春日注滿綠光的水田
我會珍惜時空歪斜的一剎那
化身千萬隻白鷺銜給妳會發光的花朵
讓妳種在夢中的荒原　照亮
妳珍惜孤寂的幸福

後記：魔術方塊，廣東話稱做「扭力股」，英文為「Rubik, s Cube」，它是在一九七四年由匈牙利的建築系教授魯比克（**Ernő Rubik**）所發明，後來成為舉世歡迎的益智玩具。

也是一首很有想像力的詩，說魔術方塊，即非魔術方塊，是名魔術方塊。（借《金剛經》觀點）現代大都會是一座座魔術方塊，大家都住在魔術方塊中，在魔術方塊中相互張望。

但詩人住在某一魔術方塊中，想著住在另一魔術方塊中那思念的女生，還曾經出去找她，所謂「攀登摩天大樓的倒影」只是暗示。對於喜歡的人總是難忘，不斷回憶往日美景，「批閱」她的眼神，發現她正搭建空中花園，做著無法實現的夢想。

詩人於是決心給她一點愛，要找機會拉近距離，或化身白鷺銜著會發光的花朵，給她的夢加些色彩，就算她孤寂也是幸福。另一首〈練習〉：

練習長長又長長地吁氣
把防風林裡的潮音吹奏成賦格：

妳悄聲把故事播種在我的耳膜
一瞬間突然長成萬頃的蒲公英
充塞了我每一分的聽覺，於是
我不能言語　不能感嘆

妳悄聲把故事播種在我的皮膚
一瞬間突然長成萬頃的蒲公英
充塞住我所有的毛細孔，於是
我必須用更多的思念去解答

翻飛在藍天下無數的謎語
妳悄聲把故事播種在我的視網膜
一瞬間突然長成萬頃的蒲公英
充塞了我每一吋的視覺，於是
我調皮地吹開小白傘讓妳的寂寞
喧鬧在夏日星光泅泳的海面

在妳離去的下午，我開始
練習凝固海浪與記憶在變奏曲中

對詩人而言，什麼事都可以在詩中「練習」，包含死亡也是，人生最後要練習的功課是死亡。當然，現在詩人所要練習的是失戀，她離去了，你得「練習凝固海浪」，做不到也得練習，練習接受。

她把故事播在你眼、耳、皮膚，表示你們曾經「情話綿綿說不盡」。如今緣已盡，得練習接受這支戀奏曲，不論心裡多麼感傷！

這幾首詩裡，明顯的藏著詩人的親情、友情和愛情。這三種情是人生必然會碰到，得事前練習。但大多時候，來不及練習就發生並結束，只得事後練習。

第四部 《喧譁：食餘飲後四》

【向明】
「浪不會寫字
只會亂塗鴉
把雪白的沙灘漫成
一幅幅抽象畫」
——〈觀浪〉
【曹介直】
「一個寂靜的深夜
我將猶在外面攪黑的
另一個我 招回對坐
請他耐心的 讀一本書般
一頁頁的 將我檢視」
——〈無題〉
【朵思】
「文字被眼睛抓住
心，跟隨峰迴路轉
新聞頭條捲起的風暴
精神貫注中，震撼，翻轉」
——〈圖書館一瞥〉
【艾農】
「看得見與看不見
不在那片薄薄的玻璃
在心臟的跳動
與靈魂的渴望」
——〈眼鏡〉
【鍾雲如】
「打一行字
刪一行字
刪掉的字在腦海中
是熱帶魚成群結隊」
——〈不見的不〉
【張國治】
「不要再細數
多少踉蹌、失足
止滑的歲月
從我身上爬行而過？
探詢那未竟之旅
或我這一身
佈滿苔綠的軀體
究竟潛藏多少
驚心歲月！」
——〈青苔樓階〉
【須文蔚】
「公車是一個缺氧的魚缸
乘客是一束束漂浮的綠藻
仰著臉，仰著乾燥的眼神
自顧自的光合作用」
——〈與流動相遇〉系列6
ISBN 978-986-83464-6-8
00160
9789868346468

第二十二章　高舉春秋正義大旗是向明的詩

《食餘飲後》到了第四集，艾農在序中說，不管七弦也好，七賢也罷，這個小圈圈儘管各吹各的號，但始終相互尊重，維持著友誼，這一點足以寫進文學史裡。想必百年或數百年後，必能驗證此說。

向明在這集有十八首詩，維持他一向謙卑而強勢的人生態度，對於亂臣賊子，也很含蓄又直面的高舉春秋之義大旗。如這首〈不甩〉：

泰山崩於前　不甩
虎狼追於後　不甩
五雷轟頂　不甩
閃電灼身　不甩
痛罵膽大妄為　不甩
掌他狡滑嘴臉　不甩

說伊故意裝神弄鬼　不甩
咒他身段醜如僵屍　不甩
罵他下台仍然戀棧　不甩
指他數典忘祖無恥　不甩

不甩就是不甩
阿Q說
其奈我何哉

二〇〇九年五月十日

這首詩在批判誰？恐怕只要在地球住過的眾生都知道，就是「陳水扁家族貪污案」的主角，台灣地區曾任偽總統陳水扁，他也是「兩顆子彈作弊案」的創作者。

五百年後，有沒有人再傳頌「七絃詩人」作品？此難說之事。但肯定五百年後，「兩顆子彈案」仍在流傳，因為阿扁已當選「中國歷史上地方不法政權二十昏君」之一。向明這詩更使這昏君，再臭五百年，令其代代子孫全都不安！賞讀〈瞥見〉：

瞥見所有的利刃
都振臂高舉
對準那死死罩住我們的
虛空

義無反顧呵！
鬥得只剩一隻角的羚羊
也大聲歡呼

只有那隻鷹
在高空盤旋復盤旋
決不定
誰是最肥的獵物

二〇〇八年六月二十九日

放眼人類歷史，東西南北方，每個時代的各處風景，都在戰爭、戰爭、戰爭，各方都在爭什麼？不外權力（大位）和資源，享受當大哥的快感。

差別只在，不同文明文化之民族，呈現出不同的「大哥治理型態」。例如，目前地球上有三種不同文明文化形成的治理模式，西方資本主義式民主政治、中國式民主政治、伊斯蘭民主政治，主要是前二者。但西方領導的美帝已然沒落，全球中國化將成為未來人類顯學。賞讀〈我看重九──獻予我等與會老人〉：

看樣子生命的乘法表上
已經背到九乘九了
再背下去就會自動出局

怎麼會呢
九九不是八十一嗎！
那不正是我等而今罕見的高度

重九作興登高

信，那上面
早已刻有我等與海拔等高
與日月同光的名字

二〇〇八年十月四日

後記：每年農曆九月九日，為傳統重陽登高節日，是日台灣各界將舉辦文藝界重陽敬老聯誼活動。歷年均有四百餘位來自全島各地六十五歲以上詩人作家及藝術家，在一起歡聚。本詩系民國九十七年歡聚日由本人所撰，由時任中央大學文學院長李端騰博士代為朗讀，詩作並製作成幻燈投影在大銀幕上，眾老人皆大歡喜接受此一另類的祝福。

這是台灣地區最大辦的最好的藝文活動，筆者自從滿六十五歲就每年參加，至今參加四次了。這四次都是由《文訊》封德屏總策劃承辦，另有數十協辦大約就是出錢贊助。封德屏辦得非常認真、出色，作家詩人們該給她大大禮讚！〈讓詩自己說話〉：

尊敬的詩人們啊！
請不要嘰哩咕嚕
快閉上你的嘴巴吧
你不是說會寫詩嗎
那就趕快
讓你的詩自己說話

只有它的話
才是真話
不管那話是牙牙學語
絮絮叨叨
綴玉聯珠
緊絃急管
或者結結巴巴
詰屈聱牙
硬如結石
寡水清湯

唉呀！別見怪，那都是
你的詩自己在說的話呀！

二〇一一年三月六日

詩自己不會說話，仍是詩人自己在說。按這首詩的意思，詩人創作要讓作品「自然生出來」，如何能叫詩自己生出來？這只是「自然」的比喻。詩人真正要說的是，詩人要永保「童心」，如兒童的真心。

這就讓我想到吾國明朝思想家李贄（字卓吾），也宣揚此說。他在〈童心說〉有言：「天下之至文，未有不出於童心焉者也。苟童心常存，則道理不行，聞見不立，無時不文，無一樣創制體格文字而非文者。」

古之學者與今之詩人相互印證，以「童」為真，而能統攝「天下之至文」，亦即立童心為創作之本。抒真情，言真意，乃天賦自然之本性，故謂「讓詩自己說話」，向明就是以童心〈一直走〉：

一直走，一直走不要拐彎
拐彎便是天堂

那不是你能指望

一直走，一直走不要張望
四野藏著眼睛
比你更饑渴，更慌張

一直走，一直走別問方向
所有的指標都已塗黑
發聲器失卻簧片

一直走，一直走別啼哭吶喊
回聲會令人恐怖
別存任何奢想

一直走，一直走別求告主上
大家都要生活生存
忙得並不全靠信仰

一直走，一直走進入自己
始知一切外求都徒勞
內部爭氣，找到才可獨享

二〇一一年五月十九日

一直走、一直走，我們年輕的時候，被「名師」誤導，聽信了「行萬里路勝讀萬卷書」的神話，以為人生一切重要的寶貝，想要追求的東西都在「外頭」。結果，踏破鐵鞋也找不到，被不識字的媽媽點醒了，「一隻牛牽到東京留學三年還是牛」。

原來世間的寶貝就在家裡，在自己內心，如詩人說的「一切外求都徒勞」。吾國大唐時代著名比丘尼有一首〈悟道詩〉，與向明詩都是讓人醒悟之作。

終日尋春不見春，芒鞋踏破嶺頭雲；
歸來偶把梅花嗅，春在枝頭已十分。

我們刻意向外尋求春天，但是春天在哪裡？春天是我們的佛性、真如、真心，向外走遍天涯海角也找不到，因為它在我們內心深處。在外面找不到，回家看到梅花盛開，才豁然醒悟。趙州禪師也有相同的悟道經驗說：「趙州八十猶行腳，只為心頭未悄然；及至歸來無一事，始知空費草鞋錢。」生命自覺不在外頭遠方，在心念方寸之間，不勞汲汲外求！

向明的「始知一切外求都徒勞」，和趙州禪師「始知空費草鞋錢」，真是古今同悟啊！但向明這詩另有意涵，謂人活著，就要一直往前走，不懷疑，向前走！

另一首〈昏君〉，誰是昏君？

面對滿滿一房間的書
這才發現
有這麼多飢渴的眼睛
汲汲在求助本王的臨幸

快來找出我吧
快來垂涎我吧
快來啃咬我吧
快來蹧蹋我吧

我的爺啊
我已經等候了空虛的一生

這才發現
這集數千寵愛於一生的
原來不過是
曾經荒誕無度
已經欲舉乏力
腦袋空曠
精力渙散，偏要
擁天下眾美而獨享的
無能且目滯的昏君

把「人」和「物」對調關係，以一屋書為主角發言，求人來讀書，可是人已老，眼昏體弱，已然如「昏君」。這是向明式的幽默，形容自己年老體虛如昏君。

其實不止「本王」，眾生最後不稱「孤」也叫「寡」，而且絕大多數也會成「昏君」，除非早早取得西方國簽證。但大家絕不願早去西方國，寧可當昏君，就算「這副可憐相」也好，〈一隻腳踏進夜間〉：

慣於走動的腳
來到夜間
便舉步維艱了

當一隻腳踏進夜間
便走進了重災區
到處都是看不見的
求救的白茉莉
死拖住不放

剛踏進夜間才一隻腳
另一隻便警覺不祥
便想收腿後撤
可來不及了
成了這一頭比另一頭

特重的
不平衡槓桿

也就是現在的
身子歪到一邊的
這副可憐相

二〇一一年九月二十五日

和前面〈昏君〉一樣，都是人到一個年紀時的自畫像。一隻腳踏進「夜間」只是比喻，而是兩腳踏在不同高度或空間，讓人失去平衡或踏空，因而跌倒。對老年人而言很危險，故說「老年人摔不得」。

其實年輕人也摔不得。現在常有邊走邊看手機而跌倒的人，有的小命就不見了。幾年前，有百億身價的中年大老板，大飯店的樓梯跌倒就走了，給很多人一個可怕的機會教育。

註釋

註一　無盡藏，生年不詳，唐高宗儀鳳元年（六七六年）圓寂。曲江人，為南華禪寺首位比丘尼。按《六祖壇經》記載，六祖大師於黃梅得法南歸時，與其有一場法談。

六祖大師釋《涅槃經》經意，無盡藏詰問他：「字尚不識，何能解意？」六祖答：「諸佛妙理，非關文字。」

無盡藏圓寂前，囑玄機到曹溪找六祖，六祖遂派執事僧前往迎請甕藏之無盡藏真身，並於寶林寺側廂幽靜處建無盡庵，供奉觀音大士法相和無盡藏真身，讓玄機住持。

從此曹溪禪門女眾輩出，視無盡藏庵為祖庵。

第二十三章 曹介直詩，思親思鄉懷友與批判

看來他鄉仍非故鄉，對曹學長而言確實是，與絕大多數老革命一樣，他鄉不論住多久都是異鄉。人在異鄉為異客，都是煎熬，幸好有兒女可以取暖，有望在生活中逐漸淡化鄉愁。

在《食餘飲後》四集裡，曹學長有十三首詩，不論思親、思鄉或懷友都很抒情。賞讀他第一首，〈六十二年──無盡的思念〉：

六十二年
多麼幽靜的一條
時間隧道
您逝去的日子　已比
您活過的日子　長得多了
您只小住人間

四十九個歲月　頭上
尚無二毛

已無二毛
如今　我的頭髮
已經白盡　比您
我更老了三十年
為什麼　每一念及您
我的時光便突然消失不見
突然回到幼兒　仍依戀
您懷抱的溫暖

六十二年
二萬二千六百三十天
在這個塵翳的時間隧道裡
我思念的抹布
將記憶擦了又擦　終於

一一看見
您活過四十九年已是不短
您不是活著，而是熬煎

二〇一〇年四月二日於新店

正在寫本文時，有人傳新聞來，張靈甫的夫人王玉齡已於十月九日在上海逝世，享壽九十四歲。當年張靈甫陣亡時，兒子張道宇尚未滿月，這孩子一輩子看不到爸爸，幸好這孩子成器！張靈甫的陣亡感動兩岸中國人，大陸也拍了他的電影，此處不述。

我要說的是，國共這近百年的恩怨情仇，給三代中國人製造無數災難，在很多人心中至今仍「無盡的思念」。後世中國人應警示，這種災難不可再發生。如這首詩，詩人已一把年紀了，仍在想媽媽，無盡的思念是無盡的鄉愁。賞讀〈輪迴——七十五歲生日〉：

我應該在「吾十有五」時
即決然死去

橫豎
「二十年後又是一條好漢」
如是
經過一世再世　三世輪迴之後
也許
比現在好些……

二〇〇四年七月二十日於新店

所謂「吾十有五」時即決然死去，該不會舊時代的算命仙所言，被詩人銘刻在心。整個看詩意，這是詩人自我遊戲之作，也有弦外之音，輪迴後比現在好，表示現在不好，確實詩作之時台灣已亂到不行。賞讀〈風之訴〉：

自起於貧末
我便注定成為浪子
我之所以成為浪子

只因　身在江湖
不能自己

吹皺春水　有之
拈花惹草　有之
乃有人　因我的任性
便說一春殘紅
皆我蹂躪

有的花　確曾經我輕撫而開
有的花　也因輕搖而落
但那未撫未搖的呢
亦未見紅過百日

要殘的終歸要殘
要落的終歸要落——
我的錯　是正當她殘落

我打從她身邊走過

二〇一二年四月十七日初稿
八月十八日修正

表象是風說話，說風的生命史，實則是詩人的簡傳兼情史。在那大動亂時代，許多人注定會成為「浪子」，詩人又是革命軍人，更是「身在江湖」，必須隨軍流浪，不能自由行動。

感情方面，詩人誠實而含蓄，男人嘛！哪個在年輕不風流！沒有積累實戰經驗豈不笑話！因而「拈花惹草」有之，有的花因你撫搖而開落，你說有錯。如果是一個老僧，花叢中裡過，能半點不染塵。啊！詩人不是老僧，詩人是個熱血男兒！

但這首詩也用花比喻人生的無常，殘落生滅也是自然的因緣法，人事和花事沒有差別。一切都是「緣聚則成、緣散則滅」，吾國大唐之末的龍牙居遁禪師曰：「註一」

朝看花開滿樹紅，暮看花落樹還空；
若將花比人間事，花與人間事一同。

花開花謝可以悟到人生的無常，世間沒有不變的東西，一切都是因緣和合暫時的存在，花事與人事皆如是。因此我們珍惜目前的因緣，把握因緣，創造最有價值的人生，這才是佛陀因緣法之要旨。賞讀另一首懷友〈落盡—悼老友詩人周鼎〉：

他總是將自己的一生
斟在酒裡　以為
用乾杯點火
便可燒盡陳年的
積鬱

而積鬱無形　卻有
濕達達的重量
如是　愈燒愈燜……
如是　用詩開扇窗
讓心頭酷熱

稍稍擴散
擴散　如一樹因風
柳絮　漫天飄泊
落土為泥　落水為萍
就這樣揮灑落盡
僅留下令人心痛的
一具空白

二〇一二年八月二十四日於碧山

註記：〈飲者與酒—悼詩人老友周鼎〉一詩，見《眾聲》第三十九頁，二、三兩段，語意調侃，事後思之，殊覺非是。本來好友間互相調侃，乃常有之事，前輩大師，且往往傳為美談。惟此種情形，似只見於生前，若一方故去，不能回應，則所謂「調侃」，質變而近乎嘲諷，用於悼念文字甚為不安。故加改寫，以求心安，而改後的內涵已與原題不合，故改為「落盡」。又：〈一具空的白〉，為周鼎詩集名。

「古來聖賢皆寂寞，唯有飲者留其名」（李白），「李白斗酒詩百篇」（杜甫），不知道是否這些詩句，害得後世很多詩人，非得拼命喝酒才能出好詩。我想，那種必須詩酒合一情境，可能只適合李白一人。

不過詩壇有很多「怪咖」，台北詩壇有個小圈圈，他們的集會很低調，因為他們是「詩、酒、女人」三合一。他們也不管天下可不可為！小島沈不沈淪！台獨偽政權還能撐幾天！全不管，只將自己在「詩、酒、女人」中，全面解放！再解放！

曹學長這首悼好友的詩，前後兩者比較，前者（在第三集）是否有嘲諷之意，其實「萬法唯心」，若是死黨好友，不會有嘲諷的感覺。只有「知道勸也無效」一句，有責備之意或無奈的感覺，不適用於悼念詩文，中國人古來傳統之悼念文，只頌揚其德，不述缺失。就像墓碑或白帖上，不論父母出身多麼寒微，一無所有，仍以「顯」考大大宏揚父母恩情。

〈顧名「拾」義組詩〉，寫了台北近郊幾個著名景點，貓空、杏花林、是外桃源、待老坑，行數頗多。僅欣賞〈貓空〉：

貓空

鼠輩橫行

（我們養隻貓吧）

如今的貓
早已升級為寵物
養尊處優
隻隻皆肥

肥貓　不須自媒生活
在悠遊歲月中
有耗不完的脂肪
不必再辛苦的抓鼠

所以　貓不空
鼠輩
依舊橫行

二〇一二年四月二十一日夜床上腹稿
四月二十九日修正

這才是諷刺之作。譏諷之一，貓為何空了，是因為鼠輩橫行，一個地方到了鼠輩橫行的惡劣情境，就是天下不可為了，這是今之台灣縮影嗎？詩人為何如此吟諷？詩人是一群真性情人，所述絕非假！

譏諷之二，我們的社會「肥貓」太多。據很多有心人從大內挖出的訊息，自從蔡氏妖女的偽政權上台，各級官員拼命安插自己的親友到所有公部門，每月不做事可領幾十萬元的人，上達五千多人。末世啊！越近末世，肥貓越多！而肥貓越多，助長鼠輩越多，則加速末世來臨，則是統一之日！

註　釋

註一　龍牙居遁，唐文宗太和九年（八三五年）生，後唐莊宗同光元年（九二三年）圓寂。江西南城人，世稱龍牙居遁禪師，十四歲在吉州（江西）滿田寺出家。初參謁翠微無學與臨濟義玄，復謁德山，後禮謁洞山良价，並嗣其法。其後受湖南馬氏之禮請，住持龍牙山妙濟禪苑，號「證空大師」。

第二十四章　朵思的詩進行著自我探索

朵思的詩，讀起來好像都是一種「潛意識」裡的寫「意」，所以有很多意念或意象的構句，如〈釋然〉、〈凝睇〉、〈靜思二行〉等，基本上詩人主觀世界裡的「自我觀照」。每個人都有一個主觀世界，外人不易進入。因此，本文選讀幾首較客觀，或有主客交流情境的詩，〈驟雨〉：

是時間的變奏

急急沸騰的潮水
類似非洲鼓熱情激盪的情緒
正在召喚一串串繽紛複雜超感覺
的色系想像

進入耳膜
和心靈一起亢奮私語
它的節奏是蹄音和星光混雜出現的魔音

驟雨：憤怒的檔案
密集抒發壓力漩渦思維內外積聚
而尚未旋動的喜怒、喟嘆

像一群馬，驟然向你奔來，而你正在其中，這是讓人驚魂的驟雨。詩人以「急急沸騰」的意象名之，確實有幾分驚恐的情緒，最後又以「憤怒」形容。憤怒和沸騰前後呼應，這是驟雨的情境之一。

情境之二是「非洲鼓」表演，一時之間，情緒激盪，以至引燃亢奮之火。那許多複雜的感覺，魔音沖激耳膜，不確定的喜憂，或你忘了帶傘……〈恐怖攻擊〉：

巴基斯坦西北杏薩達鎮
驟然升起血腥的哀嚎
二名炸彈客身綁炸藥

騎摩特車衝向邊防訓練中心開始放假的新兵
傷及八十人死亡
並炸毀十二輛巴士和許多店面

這是巴國神學士組織
為賓拉登進行的首樁報復行動
他們極度不滿美軍突擊凱達首腦

想像：曾經
一百二十人受傷血流成河的現場
想像A、A飛機衝向紐約雙子星舉世震驚的鏡頭
如何以燃燒的煙塵煙漫全世界的眼睛

穆斯林和美國的拉鋸戰
反恐步槍和自殺攻擊
在人性的版圖上，明確的諷刺著……

而天空，一群和平鴿悠悠飛過

註記：此插曲發生於二〇一一年初，賓拉登未死之前，不實的報導是：他被美軍突擊並被海葬。

賓拉登陣亡正確情形是：二〇一一年五月一日午夜時分（美國時間），美帝歐巴馬突然召開臨時記者會，宣布賓拉登已在一日，於伊斯蘭馬巴德郊外別墅，被美軍殺死。並於二日凌晨，火速由航母卡爾文森號，在北阿拉伯海為賓拉登進行海葬，他享年五十五歲。

「九一一聖戰」之後，全世界所有軍事學術雜誌，共發表了不下上萬篇論文，其中很多觀點認為是十字軍後，伊斯蘭阿拉和基督上帝千年之戰的延續。親美的西方各國把賓拉登定位在恐怖份子，伊斯蘭和反美的各國，認為他是「阿拉的自由戰士」。

筆者把賓拉登定位在「第四波戰爭開山鼻祖」。（註一）當然他也是聖戰士，我公然鼓動伊斯蘭子民，持續對美帝發動「九一一式」攻擊，直到這邪惡帝國崩潰、瓦解、滅亡，地球上才有和平可言。美帝建國二百多年來，犯下對白種以外的界族大屠殺，不計其數，民主和人權只是美帝的鬥爭工具。賞讀〈短詩三題〉：

空箱

為了裝載
而空著

填土機

為構築理想挖得空空的心
等待平覆原狀
它盡心分次餵些希望

控土機

狙獷的聲音線條
撕裂耳膜的觸感
一鏟鏟血肉模糊的廝殺
一鋤鋤土地的咯血

星雲大師在講「空」義時，經常比喻說：杯子不空水怎麼倒進去？腦袋不空，學的東西裝不進去！提示人們，學習佛法，要先「清空」自己，才會有成果。

大建設之前，必有的大破壞，這大破大立之間，總是驚天動地，各種大小機器殺得天昏地暗，為的是有個繁榮的未來。人應也是，欲成大業，須大破大立！下大決心！賞讀〈紅豆情懷〉：

未著半絲性愛的色彩
隱然帶有漂移情愫的情節
是寓豐富想像力於其中的相思豆
從莢果乾裂而出
移居到撿拾者默默含蓄的靜好心情
遙想春天開花到秋日結果的過程
捧著、注視
即使愛不釋手

也祇能讓他的影子瀰漫在白日或夢境
幻想的極致：
可以與他攜手走過兩排相思豆樹
夜裡荒涼
揣它、撫它
也一樣擁有愛和幸福

「未著半絲性愛的色彩」，這是「此地無銀三百兩」。筆者這個年齡層前後的「初老」者，在大學時代，談戀愛是全班同學的「全民運動」，多數男女朋友到了「可以牽手」的階段，男生往往送女生相思豆，表達愛意。這在那個年代，可以說是「戀愛公式」了！

詩人排除性愛色彩，是為了淨化詩意，若能不說不提可減少性愛聯想。或者人過中年，把玩相思豆可以沒有性愛聯想，但仍有淡淡的愛和幸福的感覺。賞讀另一首〈不存在的城市〉：

圖案虛構

從灰暗的心情漂流到筆尖
場景中：有生鏽的鐵鍊、纜繩
有錨、有防波堤、有岬角

記憶中，不曾真正存在
消失在夢境的城市
飛越過重重旅行的探訪之後
在抵達機場、抵達某處市鎮
某處的短暫停留
都躍現在似曾相識稔熟的夢境
或想像的地圖

空洞的城市
遍佈在曾經存在過的記憶角落
腳步抵達的每一個城市都驚異呈現
心靈構築的隱形線條和表情

不存在的城市
其實即存在於：
腳踏的每一座城市

題文之間存在著有無辯證。看世間所有城市，多麼「空洞的城市」，浮淺！都難以令人滿意，充滿著銅臭味和勢利的眼神。因此，這些城市雖曾短暫參訪過，但在詩人心中，它不存在。

人人心中有個桃花源，詩人所要的城市必須美如桃花淨土，這才是夢境中的城市。於是，這樣的城市，不存在於世界任何地方，那城市不屬於這個世界。

這詩似乎也暗示世界的生住異滅，一切的存在，都是因緣合和的暫時存在，緣聚存在，緣滅即不存在。現在存在的所有城市，幾萬年後全都不存在，甚至更快消滅！由另一文明城市取代，新文明也是暫時的存在！

註　釋

註一　陳福成，《第四波戰爭開山鼻祖賓拉登》（台北：文史哲出版社，二〇一一年七月）。

第二十五章 艾農的詩記時代的陷落和愛情

艾農在第四集序，引司馬遷說，泰山不讓土壤，故能成其大……我們七個不論是高山河海還是土壤細流，總歸能共同邁向「成其大」、「就其深」。我想也是，未來若有人寫《台灣地區現代詩發展史》，總不能光說余光中、羅門、周夢蝶，食餘飲後的七人（前後共八人），雖非「巨流」，至少也是「一流」，都是不能缺的角色。

艾農在這集子裡有十六首詩，排在第一首是一陣陣陷落的意象，看了有些心驚，好像末世就要降臨的感覺。〈一個世代的尾聲〉：

陷落陷落陷落陷落陷落
陷落陷落陷落陷落
陷落陷落陷落
陷落陷落

陷落
陷落陷落
陷落陷落陷落
陷落陷落陷落陷落
陷落陷落陷落陷落陷落

讓一座紀念碑式時代的結束
向另一座紀念碑時代的開始
跪拜

這要結束的是中華民國還是台灣？其實大家心裡很清楚，中華民國現在只剩一張皮，裡面內涵全不見了。實質上，我等已是中華民國之「遺民」，就等著不久之後，連皮也完全「陷落」，如「南明」之結束。

但我是從大歷史看問題的人，一切政權都會陷落，由新政權取代。看看我國歷史，夏商周秦漢三國兩晉南北朝，隋唐五代宋元明清……時間到了就得陷落。陷落的只是一個政權，中國仍在，宋亡了，中國仍在，元亡了，中國仍在，只有中國永不陷落。這就是中國式「政黨輪替」。賞讀〈愛的真義〉：

沒有可以理喻的線索
就這樣綁住彼此的靈魂
與肉體
在時間的洪流裡
一起腐朽
愛情不過是一個奢華的藉口
何其不幸的
不過是樂園中的一顆無辜的蘋果
不過是誘惑與被誘惑
不過是發洩與被發洩
不過是使地球不寂寞的遊戲
而已

現代社會的婚姻，確實有不少如詩意所述。西方人早已說了「婚姻是愛情的墳墓」，進了墓，就只能過「活死人」的日子，於墓中尋樂。

有個笑話。一男子問上帝：「你創造的女人這麼可愛，為什麼變成老婆這麼兇巴巴？」上帝說：「是我創造了女人，是你自己把她變成老婆的。」男子無言。

尼采則說：「女人是弱者，為母則強，為妻則疑。」世事都有利弊兩面，即被綁住了，只能想想也有好處，其實好處也不少。向明常寫詩讚美老婆，必然在婚姻中得了不少好處！另一首〈殞滅〉：

永恆的恐懼像一條影子
跟著跟著就成為密不通風的黑夜
這是一個人的世紀末
完美的窒息
使靈魂顫抖
使肉體墜落

許多人的世紀末在
可知又不可知的二〇一二
整個世界都在顫抖
經濟恐慌成為一種流行的病毒
流行病毒成為不可抗拒的宿命

我們的生命在隕滅與不隕滅之間
尋找各自的方向
終究成為一條條
恐懼的影子

陷落之後，接著殞滅，有點恐怖。但二〇一二年的經濟恐慌，相較二〇二一年的新冠病毒，則新冠病毒更嚴重，人們已以「第三次世界大戰」形容之。而且科學家說了，我們以後都會和這病毒共處。

這一切的災難，多數科學家認為是人類的過度開發，對地球環境的過度消耗，導至「地球第六次大滅絕」，不可逆且加速來臨。看來人類是沒救了！那是多久以後的事？〈給愛人們〉：

那不只是因為愛與做愛
做愛何其容易
而愛何其艱難
我們的距離可以很近

進入彼此身體的疆界
我們的靈魂可以很遠
痛苦的呼喊都被消音

如果折磨是一條必經之路
在初秋來臨前
請給我一些暗示的落葉
在即將結束的寒冬裡
給我一點溫暖的陽光

愛是什麼？真是千古之謎語和難題，沒有定義、毫無原則可依循，沒有典範模式可學習。非得自己去碰撞，從經驗中得些教訓，也只能知道少許。

愛不是科學，不是哲學，像玄學，也有幾分神學的樣子。吾有一老友說：「你把老婆當觀世音菩薩供起來，你便可以在家當大老爺。」等者小試果然有效，比很多婚姻專家說的管用（那些專家都離婚了）。賞讀另一首〈名與利〉：

許多人急於

在歷史裡
把自己註解成一則不朽的意象
但我不
我只從虛空來
願乘風而去
如呼吸之無感
如一滴小雨點
就如你所熟知的那個故事
從海洋裡來又回到海洋去
人生不過只是一個蒸發的過程
不留一點痕跡

從現象面看，人生確實如蒸發的過程，不留一點痕跡。幾十公斤的骨肉，燒完剩幾十公克。回歸泥土後沒痕跡了，任何人都是，李白杜甫的肉體今何在？

不留痕跡也未必，如詩人走了，在《食餘飲後集》的幾十首詩都是「走過的痕跡」，至少在圖書館留存百年以上。所以，人生不完全都是虛無，凡存在必有價值。另一首〈背叛〉：

彼此折磨其實是背叛的開
我們以為那是愛
愛是溫馴依賴
是毫無保留的
肉體與精神的給予
在肉體出走以前
什麼都安然無恙
在肉體出走後
別問愛還在不在
冗長的沈默與等待
是彼此唯一的聯繫
誠實與不誠實的拉鋸
那多像是墓園裡集體的默哀
塵歸塵土歸土從此愛與愛分道揚鑣

又是愛，光是肉體給予不是愛，給愛不給肉體能愛嗎？想必也愛不下去。所以，愛真是一個頭疼的問題，肉體精神全都給了，還要永遠保持「溫馴」，乖乖聽話，這年頭誰做得到？女生不願，男生不爽，難啊！

難怪現代社會流行不戀、不婚或同居，大家自由，沒有背叛問題。就算結了婚，台獨偽政權的偽立法院，已通過「通姦除罪化」，已從根本解決了已婚者的「背叛」問題。賞讀〈男與女你與我〉：

這世界只有你和我
沒有男與女
男與女使世界不斷地膨脹
同歸於腐朽的是你與我
以及我們卑微的愛情
不是這世界

我們卑微的愛情不需要繁殖
如動物之交配
如花粉之傳遞

生命既無開始也無結束
在黑暗中相互依靠
如此偉大而驕傲

這世間各種人中，可以說話不負責，可以「騙死人不償命」的，還能被頌揚，大約就是詩人這個角色的。如「白髮三千丈」「黃河之水天上來」，小朋友也知道黃河之水巴顏克拉山來，白髮不可能三千丈，但卻吸引千古詩人們的眼睛，沒有法官起訴李白。

現代詩人有樣學樣，說這個世界只有你和我，沒有男和女，生命沒有開始，也沒有結束。這個說法應也可以吸引許多同意或不同意的眼睛。

愛情是卑微或神聖，也是千古沒有準頭。你問徐志摩，他說：「愛情成功是人生的成功，愛情失敗是人生的失敗。」這也太嚴重了，艾農鐵定不同意！

第二十六章 鍾雲如種花、如來佛賣花

鍾雲如是種花人，也是賞花人，所以她是愛花人。花，人人都喜歡，從未聞有不愛花的人，種花人和賣花人一定有所連繫（不然花要怎樣行銷出去？）。我立刻就想古今以來最有名的賣花人，詩曰：

木樨盈樹幻兼真，折贈家家拂俗塵；
莫怪靈山留一笑，如來原是賣花人。

這是吾國清代一個叫澄波的修行人的詩，拈花微笑是佛教重要的公案。（註一）當初佛陀在靈山會上，對百萬人天說法時，拈一朵花在手上，示現大眾。弟子大迦葉望見花微微一笑，他的心與佛陀相應了，因此佛陀說：「我有正法眼藏，涅槃妙心，實相無相，微妙法門，不立文字，教外別傳，付囑摩訶迦葉。」大迦葉乃繼承佛陀正法，佛陀藉花傳道，故幽默說：「如來原是賣花人。」

詩的意思在說，我們為人何妨做一朵花，給人欣賞，給人芬芳，給人一些美感；不要做一根刺，逢人傷人，理事害事，大家都來做靈山會上那朵花。

鍾雲如的詩大多有花的芬芳（前三集較多），這是她以種花的心情「種詩」，筆者才與「靈山拈花」有所聯想，雖是不同的宗教信仰，花香卻是一樣的。在《食餘飲後》第四集，鍾雲如有十二首詩，選讀數首欣賞，〈愛的故事萌芽的角落〉：

心裡住著一個大人
心裡住著一個小人
心裡住著一個大小人
心裡住著一個小大人

心裡住下一個小小的人
足夠讓你有勇氣
足夠讓你的思想微笑

小小的角落
小小的
你在那裡

每個人心中都住著很多人，但誰最重要？對一個當媽媽的人，當然是家人最重要。家裡的大人、小朋友、小大人，以及可以託付一生的大小人，都是心中的要人。

家，是人生最安全的避風港，有溫暖的一家人，是女人最大的鼓舞。讓女人有勇氣面對人生的一切，讓女人笑得出來。家是個小小角落，是人生壯大的起點。

賞讀〈大樹啊請問你〉：

大樹啊　請問你
抖落無數的黃葉
是不讓你輕鬆想跟著旅行

黃葉啊黃葉　我問你
離棄緊密的枝椏
是否真的不留傷痕

時光啊時光

我見婦人哭泣
她在祭台擺放豐盛的供禮
等待你接走的男人
她想再見他一面

人是一種感情物種，偏偏人生充滿愛恨情仇，又「天下無不散的宴席」。終須一別，乃眾生永恆不變的鐵律，沒有例外，是謂真平等。

孩子長大遠走高飛，父母徒留寂寞；遠行的人，心懷故鄉的親人，不傷也愁。到最後，各方面都要走向終站，求天求神也不能重現往昔青春，感傷！但這是自然法。賞讀〈流動的生機〉：

精心栽培好花
在盆底
置放一只圓盤挽留水分
時日到了
根就要腐敗

花葉就要散落
想留住什麼
防堵什麼
只有徒勞無功

我的花啊
願暢快的呼吸
我的詩啊
願暢快的活著

借種花的經驗，暗示人生要「流動」才有生機。常言道：「活動、活動，要活就要動！」此乃現代退休養老族之顯學。君不見，早晨各公園大家努力運動！

另外也提示，「種詩」如種花一個道理，詩也要流動才有動態美，詩的「身體」才健康。詩能暢快活著，表示詩如花，是在自然環境中成長（創作）的好詩。

賞讀〈7和6〉：

當孤獨找到我的時候

我讀詩
想著7和6數字
曾有一個大詩人
用這個數字
陶侃自己走在詩的路上
詩樣的數字
佔據心靈的位置

尼采說：「孤獨，你配嗎？孤獨只有天才和瘋子才配享有，一般人只是寂寞罷了！」我知道，鍾雲如不是瘋子；那麼，她必是天才了！世上只有天才懂得如何「享用」孤獨！

偉大的作品都是在孤獨中誕生，但孤獨與「7和6」有何關係？就莫宰羊了！可能和年紀有關吧！那個大詩人又是誰？或許是詩人自己。賞讀〈0和100的位置〉：

0的眼瞳在0的視野仰望
在大大0的星球夢想
在不著邊的0宇宙航行
向無所知的0探索0

勇者是我亦是你
挺著腰桿
站在無數0的前面
0不再虛無
0成了腳印

虛實之間
綑綁了過多的嘆息和眼淚
我們站對了位置嗎？
或錯過了什麼

「0」是個很詭異的東西，有用無用、充實或虛無，得看它站的位置對不對。

站對了位置，再加幾個0，就成了世界首富；不幸站錯位置，可能就一毛不值，成了赤貧。所以，人生站對位置很重要！

在台灣，你天天都可以看到很多人在選位置，「位高權重」的位置，就有許多掠食者在搶奪。人都是趨利避害，我當年選台大小位置，因其「錢多事少離家近」，蔣公說「最危險的地方最安全」；我倒覺得，最亂的地方最好混，真是好位置！

註　釋

註一　聖嚴法師《拈花微笑》（台北：法鼓文化事業股份有限公司，二〇一〇年三月，二版）。

第二十七章　張國治最終在禪中安身立命

張國治說他的人生觀很虛無，也充滿無常觀，這就很接近《金剛經》說的，「一切有為法，如夢幻泡影，如露亦如電，應作如是觀。」所以，張國治應也是「準佛教徒」，尤其他要在「禪」中安身立命，若未皈依，可叫「在家居士」。

多數人都以為佛教很消極，這是大錯，其實佛教很積極也很和平。幾年前在瑞士有一場國際宗教會，主要有天主教、基督教、回教、猶太教、東正教、佛教等，所有各教共同認可的一件事，是「地球上有史以來的戰爭，沒有一場是佛教徒所發動。」

因此，張國治要在「禪」中安身立命，更易於得到內心清淨。禪宗只是佛教八宗之一（另七是：淨土宗、律宗、密宗、天台宗、法相宗、華嚴宗、三論宗），未來他若精進佛法大海，必能在三寶中有更大作為。

在這《食餘飲後》第四集，張國治有十二首詩，他是多領域的藝術追尋者，詩是最後統御的對像。選讀數首，〈黑並不是一種顏色〉：

黑色，並不能真正淹蓋死亡
淹蓋暗夜，阻止一個意象的抵達、靠攏
亦無法書寫一張臉或五官，儘管
那是你的名詩

身體是僵直的，無法動彈
眼神向前直視
瞳孔是放大的，如同
戰事逃蓋的驚恐
心是空的，腦卻是醒的
有著意象無法翻轉的苦（註）
但最終你聽天由命的手指向上
指向不再逃亡的天空
指向一個永恆的意符

例昔日你帶著我們

透析意象屏障
穿越語言的叢林
穿越夢或者黎明
穿越黑色
證明死亡或暗夜
並不可怕
今天，我們以黑白色的著服
抵抗一個褉熱，醒著的天空
尊重並悼念你選擇這樣

一個高溫季節離去，用炙熱的意象
抵抗冰冷，陽光的白
並無法真正洗淨憂傷
聽天的手指指向天空
不再逃亡的天空

寫於二〇一〇年七月二十九
「夢或者黎明——商禽文學展暨追思紀念會」

註記：有一次，辛鬱兒子喜宴上，商禽辛苦地說出他當時的情況：半夜身體無法動彈，但腦子卻很清楚。身不由腦，這很辛苦。

黑暗時代（如西洋中世紀一千年、吾國南北朝也黑），所以被叫「黑」，不是因為顏色是黑，而是政治腐敗給人民帶來許多苦難。政治政客都是黑心，但外表仍光鮮亮麗，黑並不是一種顏色。

到安寧病房去看看，肉體不能動了，或許腦子仍清醒，想著去散散步，或約老友喝咖啡，但手腳都不聽使喚。只有「意象在腦中翻轉」，人生到了這個階段，兩眼望出，天空是黑的，世界也是黑的。但，黑並不是一種顏色，人生最後都要穿過黑暗叢林嗎？

今（二〇二一年）年初，筆者參加一個同學會餐敘，席間有一同學拿出一大疊〈預立安寧緩和醫療暨維生醫療抉擇意願書〉，給每位同學每人一份。這是什麼東東？大家心理清楚，我們這個年紀要面臨的「黑暗」時期，就快到了，簽了意願書，可使「黑暗」變得不太黑。

我不認識商禽，只知他是著名詩人，他的生活我更不了解。他最後可能面臨一段腦子清醒而肉體不能動的困境，那真是他的「黑暗時代」，苦啊！人生！賞讀〈沒有違禁的十六歲——給兒子張容瑄〉：

你已十六歲，進入生命昂然挺立
勃起的年紀，這多麼光榮的印記
沒有叛逆，聰慧、溫順，甚至讓我不免吶悶的
乖巧，然而有自己的堅持、令人舒坦的微笑

你已拔高抽長
超越我身軀的高度、厚度
四肢勻稱，確信 DNA 基因遺傳的無誤
確信無須穿載、通過我補釘卡其的青澀歲月
十六歲，乳頭還微暈的紅色素
更衣尚有羞澀的回望，確信不必
跨越鐵絲網、地雷佈滿的
邊界、鴻溝，如我以心靈的視窗
向地平線遠眺
你有無限上網的視野

需端的容量，以儲存資訊
不必受軍管、戰地政務照相機、錄影機
收音機等違禁的管制
沒有被鐵絲網、鬼條砦圍住深藍憂鬱的海洋
沒有被囚禁的晚風、沒有違禁的鄉愁
你自在游泳，慢慢泅向沒有驚恐地年代
泅向城市峋嶙、波光斂影、微波盪漾的夢境
你陽光下打籃球、家裡數顆籃球
ipod、MP3、自由上網、通訊、接聽、收送
確信不必被懷疑被監聽
確信非黑名單列管對象，非游向彼岸投臣嫌疑分子
你領受赤膽的風，泅泳城市微波
向陽光腹帶理想靶心投籃，你活在陽光下的跳躍飛舞

慢慢倒敘著
我的少年、青年
啊！你的青春，我逐漸蒼老的中年

你是此刻迎向陽光的光絲
我卻立在影暗處
單車少年，我隨著你的舒緩
騎車的背影凝視

我多麼願意站在陽光下，和你
狹巷迎面相遇
並且呼叫：「我的兒子啊！」

一個父親寫給正當青春的兒子，孩子的青春正茂是父親逐漸蒼老的中年，這是喜悅和感慨的交融。但詩的多數內容，在回顧父親當年面對的政治環境，與現在孩子所面對政治環境，兩代落差和對比。

張國治年輕時代的金門，就是一個戰地，這與筆者早年在金門也駐守五年，他的所見所聞所感和我當然是一樣，因為都生活在同一個「戰地」。戰地不是普通之地，是隨時準備打仗的地方，當然有很多規定必須遵守，若不遵守的後果很嚴重。

戰地在很多地形要點的通路、海岸、沙灘等都佈了雷，因此「雷區」是禁地，若有人不信邪要去，不是丟掉小命就是吃了軍法。戰地的軍法都很嚴，碰不得！

在那個年代，金馬都受戰地政務管制，所有照相機、錄影機、收音機等都是管制品。所有可以在水面上「浮起來」的東西都受管制，如籃球、乒乓球、空瓶等，都是管制品。重要違禁品不能持有，誰持有就是黑名單管制的對象。

沒有好不好，也沒有是非對錯，只能說你活在那個時代，當然受制於時代律法。不能拿清朝法律解釋明朝的事，身為父親當然慶幸兒子迎向一個新時代，他有他的世界，他會去追求他想要，一如父親追求自己的天地。

從大歷史、長遠看，穿透千百年以上時空，沒有所謂新時代、舊時代。現在相對於五十年前是新時代，民初相對於滿清也是新時代，現在很快也會變舊，現在的孩子如果到二〇五〇年還在，會回憶二〇二一年這舊時代！

張國治要回到禪中找安身立命之道，這可能是他經長期漸悟所得到的結果。在前三集他沒有關於禪的詩，這集有一首，〈復釋仁華師話禪〉：

她說
我找不到講座位置
多繞了一大圈
原來有這麼多山景可欣賞

這於她其實無的
可以是他亦是她
是我或非我

聽月觀風
月亮聽得到嗎？
風看得見嗎？
從 Touch 到 Touch 不到
心已寂然
柔軟比棒喝更接近禪
折磨比平順更開示
曲折比剛直更通幽
喧鬧比安靜更易冥想
出關比閉關更有難度
梅花冷到極點更豐盛

禪不是說的

冷軟自知
禪非漂亮餐具
亦非稱水量度之普洱茶
亦非短期社群研修可參
如是我頓我答
不知仁華師以為然否？

二〇一二年四月三十日寫於台北貓空映月茶館

禪宗因不立文字，是一種以心傳心或心領神會的悟道過程。因此，任何文字不能解說禪，不能定義禪，亦無法正確言說。但，不說、不寫、不用文字，也難以傳達禪的意涵，只得權宜比喻，或旁敲側擊！

如詩中說的「聽月觀風」「禪非漂亮餐具」等，都只是修行者一種說法。吾國到了中唐時代，對於禪道修行，馬祖道一的弟子大珠慧海和源律師有一段對話：

源律師問：「和尚修習禪道，還用功嗎？」

大珠慧海：「用功。」

源律師又問：「怎樣用功呢？」

大珠慧海：「餓了就吃飯，睏了就睡覺。」

源律師又說：「別人也是這樣，你和他們有差別嗎？」

「不一樣。」

「怎麼說呢？」

「他們吃飯時，百般挑揀，睡覺時牽掛別事，睡不安穩。」

大珠慧海的「饑來吃飯睏來眠」，後來成為禪門佳話，也常被後世修習禪道者引用，作為其任運隨緣的生活風光。禪也好，佛法也好，都是平常心，如宋朝白雲守端說：「饑來要吃飯，寒到要添衣，困時伸腳睡，熱至要風吹。」（註一）

這就是禪的修行，禪在生活中，到了明朝，大思想家王陽明更說：

飢來吃飯倦來眠，只此修行玄更玄；
說與世人渾不信，卻從身外覓神仙。

修行禪道不外「飢來吃飯倦來眠」，前人已一說再說，張國治也不能又說，只能說別的。「仁華師以為然否？」不知他要如何說？〈青苔檯階〉一詩雖未說禪，卻很有禪意。

不要在細數
多少踉蹌、失足
止滑的歲月
從我身上爬行而過？
探尋那未竟之旅
或我這一身
佈滿苔綠的軀體
究竟潛藏多少
驚心歲月

四月，下過雨後
陽光未走完的檯階
顫顫小心踩過

山中有白鳥飛掠
即將落日
晚到的星辰

或窺月相映
而眾修與我將自在
如流水

二〇一二年四月三十日寫於台北貓空映月茶館

前面所舉歷史上著名的禪修者，馬祖道一、源律師、白雲守端、王陽明等，他們一生的修行，不可能「一步到位」。都要經過長期摸索、漸漸從經驗領悟，**「多少踉蹌、失足／止滑的歲月／從我身上爬行而過……驚心的歲月」**。這便是學習、領悟的過程。

最後終於悟到，禪就像高山流水那樣自在，如白鳥飛掠、落日晚霞那般自然。禪就在自然與生活中，不在身外遠處，平常心生活就是禪了！

註　釋

註一　白雲守端，宋仁宗天聖三年（一〇二五年）生，宋神宗熙寧五年（一〇七二年）圓寂。衡陽人，楊歧方會禪師之法嗣，幼時即事翰墨，長大後依茶陵鬱禪師出家。後往楊歧方會禪師座下參學並悟道，曾住持承天寺，次後移住法華龍門、興化海會等道場，每至一處，十方前來參學眾如雲。

第二十八章　須文蔚的詩與讀者會心交流

須文蔚認為詩是「變形的神話」，這是現實、生活、情感和景物交織而成。我想，神話已是很神了，再一變形就超神了。幸好他主要還是要和讀者進行會心的交流，這才是詩創作的本旨，而非只顧自言自語。

在這《食餘飲後》第四集中，從目錄看，須文蔚只有一首詩〈與流動相遇〉，寫的是身在台北城的種種。但看內文，是由三十首小詩構成的組織，沒有情節的連接，所以小詩也是獨立的一首詩。本文舉其部份賞讀：

01

無神論者眼中，一切因緣只是機遇
反之，所有因緣均非機遇

隨著旅遊地圖指引前往一個街角

精確的方向喧嘩著未知的故事

是機遇、不是機遇、是不是因緣？都「身不由己」，如同出生和死亡，因為佛陀說的因緣法是「自然法」。如地心引力，你不相信，卻依然存在，有神無神都是「萬般帶不走、只有業相隨」。

03

大浪沙河氾濫時，鄭成功插劍成潭
敗北的魚精化作斷垣殘壁
台北城樓上飄出濃煙烈焰

線上百科說：其實國姓爺從未北伐
歷史是不斷複製的耳語
虛構了一張地圖

吾國歷史上三個相同的案例，孔明的北伐大業、鄭成功的反清復明、蔣公中正的反攻大陸，都是明知不可為而為之，不能不為，不為滅亡的更快。所以，只好給子民們「虛構一張地圖」，讓大家有努力的目標，不會亡的太快。現在台獨偽政權的蔡妖女，也在虛構一張地圖，會亡的很快！

06

公車是一個缺氧的魚缸
乘客是一束束漂浮的綠藻
仰著臉，仰著乾燥的眼神
自顧自的光合作用

每天出門至少會乘上一次公車，乘客在等車上下車之間享受寂寞，坐定後只能和手機談情說愛，在虛擬世界裡得到滿足。科技將把人帶向何處？或人將被科技如何進化或退化，不知道，問神吧！

12

掃瞄一封過期的情書：
我願是展開雙翅的天鵝

在冬夜顫慄於你激動的心跳中
時間是扒手
偷走夢想的羽翼
讓寒冬顯得特別的冷

科技時代的年輕人不寫情書了，他們不會寫，只傳簡訊。「簡訊」不是文章，沒有情節，沒有結構，沒有靈魂，沒有血肉，簡訊都是短命，只存在瞬間。我們年輕時代手寫情書，每一封都文情並茂，有血肉靈魂，出版成書，成為「永恆的存在」。（筆者在文史哲出版社出版兩本年輕時代的手寫情書，兩大本。）

16

奔跑在無風的公園裡
手裡的風箏
汗水濕濡了口袋裡的情書
迷途的郵票親吻落葉的額頭

想來，詩人年輕時代應是「情書高手」，較容易得到女生的歡喜。無論成敗，談戀愛、寫情書，絕對是我輩（四、五、六年級生）一生中，美麗的回憶！

17

空氣的冷冽的空港，心事
重金屬含量太高無法通過安檢

航警舉起警棍成禪師，大喝：
放下！

航警和禪師，是兩種不同作用功能的角色人物，但他們都叫你「放下」。禪師說放下是叫你回歸平常心，航警叫你放下是你「不平常、不正常」，要糾正你回到平常，所以二者都有禪意。

19

在匿名申請的電子郵箱裡

躺著一封真切的情書：

你是我虛構的情人
我們存在一個虛擬的世界
隨時都會被拆解

人是十足環境的動物，活在滿清時代，你是那個時代留著長辮子的人；活在兩蔣時代，我們手寫情書，有真正的情人；活在現代虛擬世界，我們遲早會被「同化」成虛擬人。時代大潮流，小我難以抗拒。

25

早晨出門前才上網查過本日運勢
乖乖往東走，轉彎前收到分手簡訊後
撞上一棵心蛀壞的老槐樹
醒在一場夢裡：發現讓人幸福的城市
原是一座金碧輝煌的蟻穴

五十多年前我住在鄉下地方，風光無限美，聽到有人羨慕親戚在台北住「樓房」，等到後來我也住進台北樓房，才羨慕以前住鄉下。這一定是很多人幾十年來的心裡轉變，時代不可逆，我等只能忍耐下去住「蟻穴」。

27

最美的懲罰是在寒冬凌晨
在荒山的車站月台等待
一列昨日發車的列車

死神在耳邊低語：這就是天堂
天堂，讓人看見與擁抱昨日的地方

大家都知道，西方極樂世界最快樂，叫他現在去，他死也不肯；大家也知道，天堂最美好，現在請他上天堂，打死也不要。可見得「知行合一」很難！

有一回，白居易問禪師：「如何是佛法？」禪師說：「諸惡莫做、眾善奉行」。白居易大聲說：「這麼簡單八歲童子也知道。」禪師說：「八歲童子知道，八十老兒做不到。」

30

黎明時，玉蘭樹梢的青斑鳳蝶
以靈魂輪迴的力量蛻去繭
街道把昨夜行人的足印和絮語

悄悄種植在紅磚道下的春泥裡
與野兔和梅花鹿的蹤跡盤根錯節成
一條沒有盡頭的密徑

今天、明天、後天，又有另一今天明天後天，時代巨輪推著時間向前奔，奔向一條沒有盡頭的密徑，只有死亡才是盡頭！

前世、今世、來世，又有另一前世今世來世，輪迴的力量推著我們，死亡也不是盡頭，輪迴是一條沒有盡頭的密徑！

詩人向明簡介

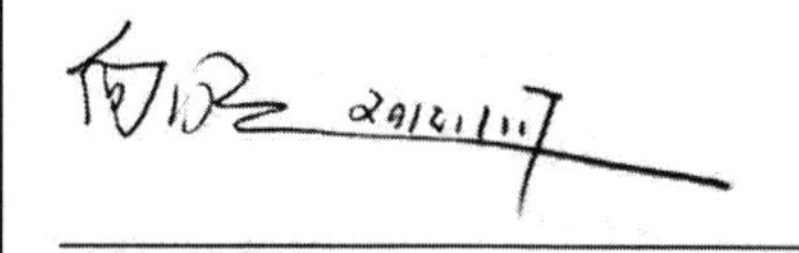

向明

簡介

本名董平，空軍通信電子學校及美國空軍電子學校畢業，曾在空軍服役多年，以上校退伍。1928年6月4日出生於湖南省長沙臬後街天利亨剪刀店。1937年進入私塾，1938年考入太平青雲雨鄉聯立高小。1945年入貴州貴陽中央防空學校通信學兵隊習通信技術。1949年隨軍隊來台。1951年開始發表新詩創作，作品多見於《軍友報》、《新生報》、《野風文藝雜誌》。1953年因入中華文藝函授學校詩歌班，結識詩人覃子豪先生。此後，開始於《藍星詩週刊》、《現代詩》詩刊發表作品，為藍星詩社重要成員，1975年開始主編《藍星詩刊》。之後，也曾任《中華日報》副刊編輯、《台灣詩學季刊》社長。

1959年詩集《雨天書》由藍星詩社出版，此後創作不懈，寫詩近半世紀之久。作品被譯成英、法、德、日、意、印度等國文字，並收入國內各大詩選。此外，也從事翻譯、詩話評論及童詩的創作，曾出版詩話集《新詩50問》、《新詩後50問》《和你輕鬆談詩：向明新詩話》、童詩集《螢火蟲》等書。曾獲文藝獎章、中山文藝獎、國家文藝獎、1988年世界藝術與文化學院曾授予榮譽文學博士學位。

向明早期的作品多以「鄉愁」為主題，《水的回想》後，他的詩作表現出退休後人生的另一種閑情。 向明素有「詩壇儒者」之稱。論者謂其詩是從生活上取材，積極介入現實並從中提煉出生命的意義，兼顧文學與社會使命的詩人。向明在序文〈為詩奮起為詩狂〉曾說：「詩意是來自詩人生命核心，也就是詩人遇到某種情境或刺激的一種反應，而產生出一種表達的衝動。然而詩意並不等於詩，任何人看這世界有時都會感到有詩意，但詩並不是任何人都寫得出來，只有懂得詩的表現藝術的人才可寫得出詩，而詩藝的涵養靠詩人對萬物觀察的深入敏銳和悟性。」也就是如此嚴謹的作詩態度，讓向明的詩作能夠展現出「一種安安靜靜的巍峨」。

詩觀

- 在我而言，一首詩集就算不能觸到痛處，也要抓到癢處，讓人感覺無關痛癢就是失敗。
- 在我而言，一首詩的完成，準確與新鮮是追求的兩大重點，所謂「語不驚人死不休」也不外乎如此。
- 我堅持以生活入詩，更以精練的生活語言來表現詩，以印證詩人是存在於當代現實，詩人沒有逃避的權力。
- 我力求我的詩在溫和的後現表達剛健，在平淡的後面有一種執著。

詩人曹介質簡介

曹介直

簡介

曹介直（一九三0——），湖北大冶人，一九八七年於台大主任教官（上校）任內退休。筆名有浮塵子、鐵雲、祝雲、杜愁紅、謝固、曹丘。藍星詩社同仁。半輩子的軍旅生涯，踏遍千山萬水，飽覽煙霞風雲，雖倥傯戎馬，仍不廢文事（詩、書、篆刻兼擅）。十足軍人本色，英武雄邁的曹介直，且有「釃酒臨江，.橫槊賦詩」（蘇軾〈赤壁賦〉）之概，兼具壯闊豪情與書生氣度，就此而言，庶幾無愧於曹氏尊祖魏武帝孟德。

五十年代參與詩壇，年近八十，才出第一本詩集《第五季》，曹介直的詩量少質精，題材多樣，情韻豐富，詩人張健讚曰：「氣勢暢而不洩，文字矜而不侷。」詩人謝輝煌說：「曹介直的詩，是在哭時代之哭，笑時代之笑，跟一般為寫詩而寫詩的作品，有著截然不同的深度和廣度。」《第五季》出版後獲得好評，2010年獲第五十一屆中國文藝獎章「詩歌創作獎」

詩觀

我以為一首好詩，必須具備以下諸條件：

一：真善美的本質。

二：語言自然、諧和。

三：文字洗鍊、活潑。

四：結構緊密、完整。

詩人一信簡介

一信

簡介

本名徐榮慶，一九三三年出生於湖北省漢口市，曾任軍官、教員、記者、編輯、主編、省公營事業單位專員、課長、副經理，以同簡任副長職務退休。曾先後擔任中國文藝協會、中國青年寫作協會、中華民國新詩學會、中國詩歌藝術學會理事、常務理事、副總幹事、副秘書長、秘書長。

著有詩集《夜快車》、《時間》、《牧野的漢子》、《婚姻有哭有笑有車子》、《一信詩選》（大陸版，武漢出版社出版）、《一隻鳥在想方向》、《一信短詩選》（中英對照，香港版）、《愛情像風又像雨》、《一信詩話》、《一信詩選》等十種，另有評論集、交通叢書、專題研究等二十餘種。曾主編十餘種刊物，新詩學會詩選集三種。曾獲中華民國青年學藝新詩獎、詩人節詩運獎、中國文藝協會新詩創作文藝獎章、中國民國新詩學會詩教獎、中國詩歌藝術學會詩藝術創作獎、中山文藝創作獎、中國文協榮譽獎章。現任中國文藝協會常務理事、中華民國新詩學會常務理事、中國詩歌藝術學會秘書長、《詩報》召集人等。

詩觀

詩人，若只有兩雙眼睛，就鐵定寫不出好詩。必須要有第三隻眼，看出別人看不見、看不到、看不清的事物，用藝術的手法表達出來，才能夠寫出不同凡俗的好詩來。

詩人朵思簡介

朵思

簡介

朵思，本名周翠卿，1939年8月4日出生，台灣省嘉義市人。父親為醫生，子女均在父親的期盼下從醫或嫁給醫生，唯有叛逆的朵思不願服從，因此生活過得極為苦悶。幸而母親將日本詩人北原白秋的詩介紹給她，從此開啟了朵思的文學視野。1953年，發表第一篇小說於《公論報》副刊，1955年未滿16歲時即發表第一篇詩作〈路燈〉於《野風》雜誌。嘉義女中畢業後，朵思結識了《當代文藝》的主編畢加，兩人結成連理。1960年11月發表〈虹〉和〈雨季〉於《現代詩》第廿七—卅二期合刊上。1965年〈山之巔〉一詩獲《新文藝》詩獎，其後轉向小說和散文創作，詩筆中輟多年。畢加在1971年退役後，從左營舉家北上，但由於經商失敗，朵思也幫忙支撐家計，日子過得相當艱辛，這段時期的詩作也同時展現了女性的堅韌。

迄至1979年朵思再度寫詩回到詩壇，重新出發。為創世紀詩社同仁，作品發表於《創世紀》、《現代詩》、《藍星》、《秋水》等詩刊。曾出版詩集《側影》、散文選《斜月遲遲》，短篇小說集《紫紗巾和花》、長篇小說《不是荒徑》等。作品曾獲中華日報小說獎、新文藝詩獎。朵思的詩，早年時隱喻多於敘述，隱密多於直抒，擅長從綿密的意象裡，粹取出一種情感飽滿的魅力，極具個人風格。詩作入選國內各大詩選及日韓詩選，小說亦入選《海內外青年女作家選集》。1994年出版的《心痕索驥》，嘗試將醫學專有名詞納入詩裡，引醫學病理入詩闡述多種病症的創新作法，頗受好評。2004年出版的《曦日》，是詩人回顧自己一生的長詩書寫。至今創作不輟。朵思的詩作廣為諸多重要詩選、大系所收錄，如《中國現代詩選》、《中國現代文學大系》詩卷、《剪成碧玉葉層層》（現代女詩人選集）、《抒情傳統》（聯副卅年文學大系詩卷）、《中華現代文學大系》詩卷、《亞洲現代詩集》、新詩三百首等，約為卅種，並曾被翻譯成英、日、韓三種文字。

詩觀

詩應是感性多於理性，因之，政治入詩必須經過美學轉化，討厭沒有內涵的詩人，也不喜歡沒有深度的詩。

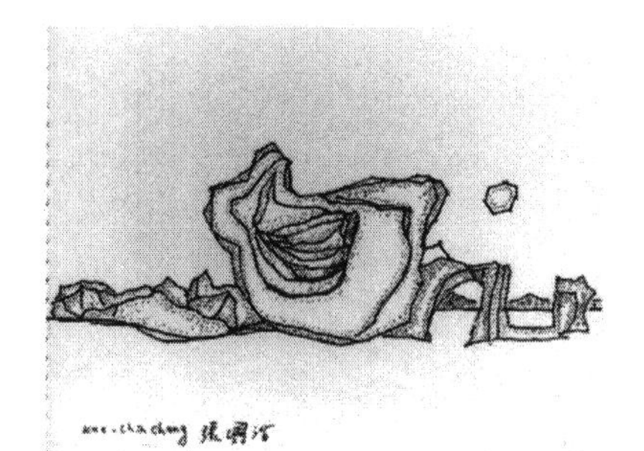

詩人艾農簡介

艾農

艾農

簡介

本名趙潤海，祖籍山東濟南，一九五四年出生於臺灣臺南。一九七四年開始寫作現代詩，早期作品大半發表在校園刊物中，數量不多。一九八七年由沈志方引薦加入「創世紀」詩社。曾主編《創世紀詩刊》。

詩作風格感性平實，用抒情的筆調表現個人小我的情志。曾任職於中央研究院歷史語言研究所，現於多所大專院校教授現代文學與紅樓夢。

詩觀

藝術的創造應該是沒有時間性的，淵明與商禽，杜甫與洛夫，並不該有分別，分別只在作品的好與壞，創作態度的虔敬與輕佻。那些堅持創新實驗的詩人們，最終還是必須接受時間的洗禮。

詩人鍾雲如簡介

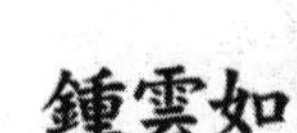

簡介

臺灣人。自幼生長在四代同堂和樂的大家庭，祖父樂善好施、喜吟詩，耳濡目染遂養成讀詩樂趣。師事趙天儀教授，1984年創《鍾山》詩刊。現任上慶文化總經理、瑪利亞社會福利基金會常務董事。

著有詩集：生命之樹、蒲公英的婚禮，合集：《食餘飲後》、《七弦》、《眾聲》。繪本：《不一樣 的天使》。

填詞：不一樣的天使（葉東安作曲、大小S主唱）、火中歸來（陳揚作曲、李建復主唱）、如果有愛（何真真作曲、主唱）、愛的米可（何真真作曲、主唱）。

詩觀

詩是人類情感最精緻、純粹、有趣的表達。

如果說詩是心靈的開放花園，寫詩即是種花人，讀詩是賞花人，選詩是採花人。

詩人應以更宏觀的角度看待事物，給世界增添美麗和芬芳。

詩人張國治簡介

張國治

張國治

簡介

張國治，1957年出生於福建省金門縣，祖籍福建省惠安縣淨峰鎮爐內鄉。1978年畢業於國立臺灣藝術專科學校美術工藝科，1988年畢業於國立臺灣師範大學美術學系，1994年獲美國芳邦大學(Fontbonne University)藝術碩士，福建師範大學美術學專業博士。曾任國立臺灣藝術大學系/所主任兼所長、文創處處長；現為視覺傳達設計學系專任副教授兼推廣教育中心主任，兩岸文化創意產業高校聯盟發起人兼理事。其專業領域為美術史、設計史、攝影史、文化創意產業研究、攝影創作、視覺傳達設計、繪畫等，亦擅於現代詩、散文以及藝文評論等書寫。

得過數次的文學、美術獎項，參加過數十次的聯展，舉辦十多次的個展，數度參與演講及學術研討會、擔任主持人、引言人或評論人。著作有詩集:《三種男人的情思》、《雪白的夜》、《憂鬱的極限》、《帶你回花崗岩島—金門詩鈔．素描集》、《末世桂冠-中詩英譯．版畫集》、《張國治短詩選》、《戰爭的顏色》、《歲月彩筆》共八冊，散文集《愛戀情節》、《濱海劄記》、《家鄉在金門》、《藏在胸口的愛》共四冊，評論集《金門藝文鉤微》以及攝影集《暗箱迷彩—張國治視覺意象攝影》、《由黑翻紅—張國治2009攝影集》……等共十五冊。

曾擔任自由時報4A創意獎評審、中國時報金犢獎評審、臺灣創意設計中心「金典設計獎（Gold Pin Design Award）識別系統設計」評選、擔任臺北縣美術家大展籌備委員及評審，並曾任多項考試命題及閱卷委員。目前亦為教育部（國家教育發展研究院)遴選國立編譯館高級中學美術科教科用書、藝術生活科教科用書審定委員。

本身亦為藝術展覽、文學活動策展人，曾主辦過多項國際學術研討會，舉辦設計攝影展，以及主編《新陸現代詩誌》及其它詩刊文學選集。

詩觀

從小在今門長大，我的人生觀其實很虛無，也充滿無常觀，喜歡從淒涼和殘破中看到生命內在的豐盈，因之我熱烈追求藝術、文學，但更重要的是哲學的思辯，以來最終我又回到禪與的安身立命中。

我個人很喜歡詩，及散文、評論等文字之類的創作，但我也愛繪畫、雕塑、工藝等，甚而以影像藝術作為創作媒介。我收藏古玩，也兼收藏當代藝術家的作品，這之間我並沒有覺得有所衝突或不好。但有朋友告訴我搞那麼多有什麼用？我並不以為意。我的跨界或跨領域追尋和探索其實是很自然的，這和個人才華無關，而和態度其及學習有關，這些追尋都只是我存在的一種選項，一種生活方式而已。我在不同領域的媒材中看到詩的靈光閃爍，我又用美感的視窗滿足於各領域之間。在不同領域中最後統御的則是詩的靈魂。

詩人須文蔚簡介

須文蔚

簡介

台北市人。現任國立東華大學華文文學系教授，花蓮縣數位機會中心（DOC）主任、財團法人公共電視基金會董事、行政院青年輔導委員會委員、新台灣人文教基金會執行長、《詩路》主持人。東吳大學法律系比較法學組學士、政大新聞研究所碩士、博士。曾獲國科會89年度甲種研究獎勵。曾獲中華民國新詩學會「優秀青年詩人」、創世紀40週年詩創作獎優選獎，86年度「詩運獎」、創世紀45週年詩創作推薦獎、五四獎（青年文學獎），94年度中國文藝協會文藝獎章（文學評論），曾獲92學年度東華大學教學特優教師，96年度全國大專校院辦理志願服務績優教師，97學年度東華大學人文社會學院教學特優教師、98年電子化成就獎（優選）、國立東華大學101 學年度延攬及留任國內外各類頂尖人才學術獎勵。

著有詩集《旅次》、文學研究《台灣數位文學論》、《台灣文學傳播論》（二魚）、編著《文學@臺灣》（相映文化）、《那一刻，我們改變了世界》（遠流＼第四屆國家出版獎入選獎）、《尋找小王子》（幼獅）、《台灣報導文學讀本》（二魚＼與林淇瀁合編），以及多種現代詩選。

詩觀

詩應當是現實、生活、情感與景物交織下，變形的神話，雖然保有故事的神情，但核心還是以抒情在電光火石間，和讀者進行會心的交流。

陳福成著作全編總目

壹、兩岸關係

①決戰閏八月
②防衛大台灣
③解開兩岸十大弔詭
④大陸政策與兩岸關係

貳、國家安全

⑤國家安全與情治機關的弔詭
⑥國家安全與戰略關係
⑦國家安全論壇。

參、中國學四部曲

⑧中國歷代戰爭新詮
⑨中國近代黨派發展研究新詮
⑩中國政治思想新詮
⑪中國四大兵法家新詮：孫子、吳起、孫臏、孔明

肆、歷史、人類、文化、宗教、會黨

⑫神劍與屠刀
⑬中國神譜
⑭天帝教的中華文化意涵
⑮奴婢妾匪到革命家之路：復興廣播電台謝雪紅訪講錄
⑯洪門、青幫與哥老會研究

伍、詩〈現代詩、傳統詩〉、文學

⑰幻夢花開一江山
⑱赤縣行腳・神州心旅
⑲「外公」與「外婆」的詩
⑳尋找一座山
㉑春秋記實
㉒性情世界
㉓春秋詩選
㉔八方風雲性情世界
㉕古晟的誕生
㉖把腳印典藏在雲端
㉗從魯迅文學醫人魂救國魂說起
㉘六十後詩雜記詩集

陸、現代詩（詩人、詩社）研究

㉙三月詩會研究
㉚我們的春秋大業：三月詩會二十年別集
㉛中國當代平民詩人王學忠
㉜讀詩稗記
㉝嚴謹與浪漫之間
㉞一信詩學研究：解剖一隻九頭詩鵠
㉟囚徒
㊱胡爾泰現代詩臆說
㊲王學忠籲天詩錄

柒、春秋典型人物研究、遊記

㊳山西芮城劉焦智「鳳梅人」報研究
㊴在「鳳梅人」小橋上
㊵我所知道的孫大公

㊶為中華民族的生存發展進百書疏
㊷金秋六人行
㊸漸凍勇士陳宏

捌、小說、翻譯小說

㊹迷情．奇謀．輪迴、
㊺愛倫坡恐怖推理小說

玖、散文、論文、雜記、詩遊記、人生小品

㊻一個軍校生的台大閒情
㊼古道．秋風．瘦筆
㊽頓悟學習
㊾春秋正義
㊿公主與王子的夢幻、
51洄游的鮭魚
52男人和女人的情話真話
53台灣邊陲之美
54最自在的彩霞
55梁又平事件後

拾、回憶錄體

56五十不惑
57我的革命檔案
58台大教官興衰錄
59迷航記、
60最後一代書寫的身影
61我這輩子幹了什麼好事
62那些年我們是這樣寫情書的
63那些年我們是這樣談戀愛的
64台灣大學退休人員聯誼會第九屆理事長記實

拾壹、兵學、戰爭

65孫子實戰經驗研究
66第四波戰爭開山鼻祖賓拉登

拾貳、政治研究

67政治學方法論概說
68西洋政治思想史概述
69中國全民民主統一會北京行
70尋找理想國：中國式民主政治研究要綱

拾參、中國命運、喚醒國魂

71大浩劫後：日本 311 天譴說
日本問題的終極處理
72台大逸仙學會

拾肆、地方誌、地區研究

73台北公館台大地區考古．導覽
74台中開發史
75台北的前世今生
76台北公館地區開發史

拾伍、其他

77英文單字研究
78與君賞玩天地寬（文友評論）
79非常傳銷學
80新領導與管理實務

2015 年 9 月後新著

編號	書　　名	出版社	出版時間	定價	字數(萬)	內容性質
81	一隻菜鳥的學佛初認識	文史哲	2015.09	460	12	學佛心得
82	海青青的天空	文史哲	2015.09	250	6	現代詩評
83	為播詩種與莊雲惠詩作初探	文史哲	2015.11	280	5	童詩、現代詩評
84	世界洪門歷史文化協會論壇	文史哲	2016.01	280	6	洪門活動紀錄
85	三搞統一：解剖共產黨、國民黨、民進黨怎樣搞統一	文史哲	2016.03	420	13	政治、統一
86	緣來艱辛非尋常－賞讀范揚松仿古體詩稿	文史哲	2016.04	400	9	詩、文學
87	大兵法家范蠡研究－商聖財神陶朱公傳奇	文史哲	2016.06	280	8	范蠡研究
88	典藏斷滅的文明：最後一代書寫身影的告別紀念	文史哲	2016.08	450	8	各種手稿
89	葉莎現代詩研究欣賞：靈山一朵花的美感	文史哲	2016.08	220	6	現代詩評
90	臺灣大學退休人員聯誼會第十屆理事長實記暨 2015～2016 重要事件簿	文史哲	2016.04	400	8	日記
91	我與當代中國大學圖書館的因緣	文史哲	2017.04	300	5	紀念狀
92	廣西參訪遊記（編著）	文史哲	2016.10	300	6	詩、遊記
93	中國鄉土詩人金土作品研究	文史哲	2017.12	420	11	文學研究
94	暇豫翻翻《揚子江》詩刊：蟾蜍山麓讀書瑣記	文史哲	2018.02	320	7	文學研究
95	我讀上海《海上詩刊》：中國歷史園林豫園詩話瑣記	文史哲	2018.03	320	6	文學研究
96	天帝教第二人間使命：上帝加持中國統一之努力	文史哲	2018.03	460	13	宗教
97	范蠡致富研究與學習：商聖財神之實務與操作	文史哲	2018.06	280	8	文學研究
98	光陰簡史：我的影像回憶錄現代詩集	文史哲	2018.07	360	6	詩、文學
99	光陰考古學：失落圖像考古現代詩集	文史哲	2018.08	460	7	詩、文學
100	鄭雅文現代詩之佛法衍繹	文史哲	2018.08	240	6	文學研究
101	林錫嘉現代詩賞析	文史哲	2018.08	420	10	文學研究
102	現代田園詩人許其正作品研析	文史哲	2018.08	520	12	文學研究
103	莫渝現代詩賞析	文史哲	2018.08	320	7	文學研究
104	陳寧貴現代詩研究	文史哲	2018.08	380	9	文學研究
105	曾美霞現代詩研析	文史哲	2018.08	360	7	文學研究
106	劉正偉現代詩賞析	文史哲	2018.08	400	9	文學研究
107	陳福成著作述評：他的寫作人生	文史哲	2018.08	420	9	文學研究
108	舉起文化使命的火把：彭正雄出版及交流一甲子	文史哲	2018.08	480	9	文學研究

109	我讀北京《黃埔》雜誌的筆記	文史哲	2018.10	400	9	文學研究
110	北京天津廊坊參訪紀實	文史哲	2019.12	420	8	遊記
111	觀自在綠蒂詩話：無住生詩的漂泊詩人	文史哲	2019.12	420	14	文學研究
112	中國詩歌墾拓者海青青：《牡丹園》和《中原歌壇》	文史哲	2020.06	580	6	詩、文學
113	走過這一世的證據：影像回顧現代詩集	文史哲	2020.06	580	6	詩、文學
114	這一是我們同路的證據：影像回顧現代詩題集	文史哲	2020.06	540	6	詩、文學
115	感動世界：感動三界故事詩集	文史哲	2020.06	360	4	詩、文學
116	印加最後的獨白：蟾蜍山萬盛草齋詩稿	文史哲	2020.06	400	5	詩、文學
117	台大遺境：失落圖像現代詩題集	文史哲	2020.09	580	6	詩、文學
118	中國鄉土詩人金土作品研究反響選集	文史哲	2020.10	360	4	詩、文學
119	夢幻泡影：金剛人生現代詩經	文史哲	2020.11	580	6	詩、文學
120	范蠡完勝三十六計：智謀之理論與全方位實務操作	文史哲	2020.11	880	39	戰略研究
121	我與當代中國大學圖書館的因緣（三）	文史哲	2021.01	580	6	詩、文學
122	這一世我們乘佛法行過神州大地：生身中國人的難得與光榮史詩	文史哲	2021.03	580	6	詩、文學
123	地瓜最後的獨白：陳福成長詩集	文史哲	2021.05	240	3	詩、文學
124	甘薯史記：陳福成超時空傳奇長詩劇	文史哲	2021.07	320	3	詩、文學
125	這一世只做好一件事：為中華民族留下一筆文化公共財	文史哲	2021.09	380	6	人生記事
126	龍族魂：陳福成籲天錄詩集	文史哲	2021.09	380	6	詩、文學
127	歷史與真相	文史哲	2021.09	320	6	歷史反省
128	蔣毛最後的邂逅：陳福成中方夜譚春秋	文史哲	2021.10	300	6	科幻小說
129	大航海家鄭和：人類史上最早的慈航圖證	文史哲	2021.10	300	5	歷史
130	欣賞亞媺現代詩：懷念丁穎中國心	文史哲	2021.11	440	5	詩、文學
131	向明等八家詩讀後：被《食餘飲後集》電到	文史哲	2021.11	420	7	詩、文學

陳福成國防通識課程著編及其他作品

（各級學校教科書及其他）

編號	書　　名	出版社	教育部審定
1	國家安全概論（大學院校用）	幼　獅	民國 86 年
2	國家安全概述（高中職、專科用）	幼　獅	民國 86 年
3	國家安全概論（台灣大學專用書）	台　大	（臺大不送審）
4	軍事研究（大專院校用）（註一）	全　華	民國 95 年
5	國防通識（第一冊、高中學生用）（註二）	龍　騰	民國 94 年課程要綱
6	國防通識（第二冊、高中學生用）	龍　騰	同
7	國防通識（第三冊、高中學生用）	龍　騰	同
8	國防通識（第四冊、高中學生用）	龍　騰	同
9	國防通識（第一冊、教師專用）	龍　騰	同
10	國防通識（第二冊、教師專用）	龍　騰	同
11	國防通識（第三冊、教師專用）	龍　騰	同
12	國防通識（第四冊、教師專用）	龍　騰	同

註一　羅慶生、許競任、廖德智、秦昱華、陳福成合著，《軍事戰史》（臺北：全華圖書股份有限公司，二〇〇八年）。

註二　《國防通識》，學生課本四冊，教師專用四冊。由陳福成、李文師、李景素、頊臺民、陳國慶合著，陳福成也負責擔任主編。八冊全由龍騰文化事業股份有限公司出版。